「 小 学 生 智 慧 训 练 营 」

主编 崔钟雷

U0132880

Rang Ni De
RenSheng Geng JingCai

让你的人生更精彩

吉林出版集团 JILIN PUBLISHING GROUP
吉林美术出版社 | 全国百佳图书出版单位

前 言

　　生命之歌如夏花般美丽精彩,人生之旅如星空般深邃璀璨。前进的脚步有了方向,成功的旅程才能早日起航。在追求成功,实现理想的路途上,风雨险阻可能滞缓你的脚步,挫折失败可能使你感到彷徨。当你茫然无助的时候,当你不知所措的时候,当你的人生之舟失去方向的时候,不要害怕,不要惊慌。放慢脚步,放松心情,翻开本书,沉浸其中。思考智慧的教诲,聆听智慧的声音,发现爱的意义,体会生活的真谛。从中寻找未来,为梦想划定航向。

　　本套丛书精选多篇励志佳作,文字风趣幽默,内涵哲理深刻,通过一个个发人深省的小故事阐述出人生智慧的精华,让作者与你进行一次心灵间的对话。为你补足人生智慧,解答心灵迷惑。

　　智慧犹如一盏明灯,照亮你的前程;智慧犹如一座路标,指明前进的方向;智慧犹如一双翅膀,伴你翱翔远方。让我们怀揣梦想上路,满怀激情拼搏,人生的山峰等待着你的超越,理想的大门在向你招手,成功的路途就在脚下,未来已经不再遥远。只要坚持,只要努力,抛洒汗水,播种希望,梦想触手可及,未来定将辉煌。

目录
CONTENTS

贵在不知足

010　　鸟的上方有什么

012　　美国淘气少年的一天

015　　古人怎样说"你太有才了"

018　　撤下来才算成功

020　　一封挂号信

022　　贵在不知足

024　　马拉松者村上春树

028　　我是异世界之王

034　　童话照进现实

036　　豆腐石头

038 为谁

040 雨天小姐的感谢信

042 一场大搜救所体现的生命尊严

045 奉陪者

047 一记耳光

050 只想找回简单的快乐

体悟处于世界中的自己

054 卡贝尔桥的阳光

057 体悟处于世界中的自己

060 老师，请相信我女儿

063 | 难得到老,圆梦正好

065 | 猜猜我为什么不当兵

068 | 应该感谢的人

071 | 生活就像一场马拉松
　　　——给北大附中高一(3)班的信

075 | 一个美国人的三个本子

078 | 别滑向未来,要一小步一小步地来

080 | 莺歌山之冬

084 | 晨

088 | 给你另一种颜色的天空

092 | 天空、手掌及毛毛雨

094 | 怎样得到痛苦

098 | 出境游培训

100 | 中国香

103 | 听听青花瓷的声音

106 | 危机处理

哈佛告诉你

110　你怎么知道人家早下班了

114　哈佛告诉你

118　大学生不梦,中国何以梦

122　生命的底片

128　一堂一等奖的课

130　你仅仅只有一只胃

133　成名

135　100 欧元

137　图瓦卢人的警世之言

139　借口

141　破碎的图腾

144　王子流浪记

146　另类天使

148　好粥是熬出来的

150　浪漫的法国人为何喜欢哲学思考

154　长辫子精灵与三眼皮女生

158　最重要的"义务"教育

161　信任是一种有生命的感觉

天地宽于容人处

166　学会让欲望冷却

168　天使的歌声

170　中国人,你的信任去了哪里

174　让所有人看到我们的改变

177　价值 10 万美元的遗弃猫

181　女儿的信任

184　让我回到你身边

191　艾森豪威尔的抉择

193　只需一转身

195　为退路作准备

197　武岩纸贵

200　百万"遗产"

202　天地宽于容人处

206　价值感没有标杆

209　你的位置不等于领导力

212　从十万到八千里

216　点蜡烛的男孩

221　最大的福田

224　世博,一种生命的邂逅

227　生命的重量

237　夜,我们仰望星空

240　给老李的信

244　雪兔

247　谁妒忌你,就感谢谁

250　一道门框

253　没人能一次挣到 100 万

贵在不知足

对我来说，人生不是什么"短暂的烛光"，而是一支由我此时此刻举着的辉煌灿烂的火把，我要把它燃烧得极其明亮，然后把它递交给后代的人们。

——萧伯纳

鸟的上方有什么

庞启帆

一所学校的学生进行射箭训练。校长把一只玩具鸟放在一棵树的树干上，要求学生把它射下来。

校长首先叫了学生A。

学生A走上前，拉弓，瞄（miáo）准。

"你看到鸟的上方有什么？"校长突然问。

"我看到了蓝天。"学生A回答。

校长让学生A站到了一边。

学生B像学生A一样走上前，校长问了他同样的问题。

学生B回答："我看到了树和树叶。"

校长同样叫学生B站到了一

智慧箴言

罗曼·罗兰说："人生最可怕的敌人就是没有明确的目标。"的确，失去了目标，便失去了前行的方向、前行的动力。所以让我们带着明确的目标心无旁骛地去寻找人生的辉煌吧。只有树立了明确的目标，插上了理想的翅膀，我们才能飞向更远的地方。

边,然后,他叫了学生C。

校长问他:"你看到鸟的上方有什么?"

学生C凝视着那只玩具鸟,说:"我只看到那只玩具鸟,别的什么也没看见。"

"好极了!"校长拍着学生C的肩膀说。

"现在,射击!"校长命令道。

学生C拉满了弓,瞄准,把箭射了出去,玩具鸟应声而落。

校长看着他的学生说:"一个弓箭手的眼里必须只有目标,而没有其他的东西。"

知识频道

　　富丽堂皇、璀璨华贵的仰光大金塔,因为佛舍利与佛祖头发同葬一处的传说而成为了佛教徒的一个圣地。缅甸人以其特有的智慧和虔诚,使大金塔永远屹立在世界艺术之林。

为了在生活中努力发挥自己的作用,热爱人生吧!

——罗丹

美国淘气少年的一天

柏满富

吉雷·米勒起床了,做好早餐的妈妈对他说:"昨晚你睡得好吗?亲爱的小宝贝?"

"不知道,妈妈,因为我睡着了。"

"妈妈,有一件事差点儿忘了,"正要上学的米勒说,"今天我们学校有一个小小的家长会,老师叫你去参加。"

"什么叫小小的家长会?"

"就是只有老师和你两个人开会的意思。"

原来,米勒在学校闯了祸,老师要找家长谈谈,他不敢直言报告,便编出所谓小小的家长会的说法。

在上学的路上,米勒想起身上没了零花

钱,这时,刚好有一个似曾相识的大人走过来,米勒迎上去说:"早上好,叔叔,你可不可以给我5块钱,让我和我的家人团聚?"、"好吧,你的家人在哪儿?"、"他们在下一个站台旁的槟榔(bīn láng)店里。"

在植物课上,老师问:"这种水果什么时候采摘最好?"

米勒的同学举起手来,但站起来后却不知怎么回答,只好用求援的眼神看着米勒。

"主人不在的时候。"米勒大声地告诉同桌。

同学们听了拍手称快,老师便点名米勒回答下一个问题:"防止食物坏掉的最好方法是什么,聪明的米勒?"

"吃掉。"米勒说。

"哈哈——哈哈——"教室里爆发出又一片欢叫声。米勒成了他们的答题英雄。

类似这样的回答,几乎每一堂课都发生,在米勒的示范下,同学们学会了积极回答问题。例如:"不能冷冻的液体是什么?"、"热水。"、"为什么自由女神站在纽约港?"、"因为她不能坐下来。"、"17世纪的科学家有什么共同特性?"、"他们都死了。"

在体育活动时,米勒跑到了老师那儿说:"我哥哥的帽子掉了。"老师问他:"你哥哥的帽子掉了,你哭什么?"、"它掉的时候是我戴着的。"

放学前,米勒来到一个女同学面前:"下午你用不用水彩?可不可以借给我用?"那女孩说:"对不起,米勒,下午我要用。"、"那好,你就

智慧箴言

　　吉雷·米勒总是语出惊人、调皮捣蛋,他是个聪明的小朋友。这也给了我们一些启示:在面对问题或面对尴尬局面时,不用慌张,不用犹豫,从容面对,用言语的力量征服一切。

没有时间用网球拍了,我向你借网球拍好了。"

回到家里,米勒伤心极了:"妈妈,我把梯子弄倒了。"妈妈安慰他说:"没有关系,去告诉爸爸把它扶起来就好了,孩子。"、"但是,爸爸本来是在梯子顶上的。"

吃晚饭的时候,隔壁那个破嗓音又传来了。"你为什么说真希望他去电视上唱?你不是被他烦死了吗?"、"是啊,"米勒说,"如果他在电视上唱,我就可以马上关掉!"

睡觉前,米勒同哥哥玩耍时打破了花瓶,哥哥很害怕,米勒却说:"别怕,看我的。"然后,米勒跑到大厅,告诉正在看电视的妈妈:"我和哥哥发明了一种方法。妈妈,你几十年来一直担心的那个花瓶,从今以后再也不用担心了。"

"什么方法?"、"这是秘密。"说完,米勒跑进了卧房。

知 识 频 道

2001 年 3 月 12 日,阿富汗武装派别塔利班置国际社会的强烈反对于不顾,动用各种武器,摧毁了巴米扬的所有佛像。刹那间,屹立了 1500 年,号称世界佛教圣迹的巴米扬大佛化为碎石。

顺境也好，逆境也好，人生就是一场对种种困难无尽无休的斗争，一场以寡敌众的战斗。

——泰戈尔

古人怎样说"你太有才了"

陈鲁民

"有才"的人什么时候都会被人称赞、受人敬仰。我国古人赞人有才的说法远比赵本山小品中的"你太有才了"要丰富多彩又文雅贴切。

最有才的当属曹植的"八斗之才"。因为南朝宋诗人谢灵运曾言："天下有才一石，曹子建独占八斗，我得一斗，天下共分一斗。"曹植，字子建，生前封陈王，死后谥号思，故世称陈思王。他的文学才能为当时和后世所推崇。所以，谢灵运在自负的同时，又对曹植作了高度的评价。后人因此称才学出众者为"才高八斗"或"八斗之才"。唐李商隐《可叹》中说："宓（mì）妃愁坐芝田馆，用尽陈王八斗才。"唐徐夤（yín）在《献内翰杨侍郎》中言："欲言温暑三缄（jiān）口，闲赋宫词八斗才。"

最可悲的是江淹的"江郎之才"。

智慧箴言

语言是人类所拥有的最神奇、最有魔力的一种工具。通过语言你可以表达自己的所思所想，可以展现自己丰富的创造力。

南朝文学家江淹年轻时才华横溢，是鼎鼎有名的文学家，诗文当时获极高评价，名篇《恨赋》和《别赋》美不胜收，传诵一时。可他年纪渐长之后，文章急速退步，诗也平淡无奇，文思枯竭，灵感尽消，一无可取，被人讥为"江郎才尽"。

东汉有"夺席才"。典出《后汉书·戴凭传》:东汉光武帝刘秀喜欢谈"经"，在正月初一令能够谈经的群臣百官互相诘难，凡在经义上辩驳失败者，就将座位让给辩胜者。侍中戴凭熟读经典，能言善辩、口若悬河，因而连续取胜，一连坐了五十余个席位。后人把这种善于舌辩之才称为"夺席才"。

唐代有"夺锦才"。《隋唐嘉话》载:武则天曾游洛阳龙门，下诏令众臣赋诗，先成者赏赐锦袍。左史东方虬诗先成，武则天以锦袍赐之。未几，宋之问诗亦成，武则天吟赏不止，以为宋之问诗高于东方虬，令人将锦袍从东方虬手中夺回赏与宋之问。后人因此用"夺锦才"喻指才识超群之士。明高启《谢赐衣》中就有"被泽徒深厚，惭无夺锦才"句。

称赞女才子则有"扫眉才"。扫眉，即妇女画眉毛。唐代才女薛涛以其出众的才华和美貌，以及与当时文人骚客的诗书唱和，成为当时卓有成就的女诗人，被称为"扫眉才子"。唐人王建《寄蜀中薛涛校书》诗:"扫眉才子知多少,管领春风总不如。"清代女词人吴藻也在词中写道:"一样扫眉才,偏我清狂,要消受玉人心许。"

晋代才女谢道韫(yùn)的"咏絮才"也颇有盛名。《世说新语》记:东晋重臣谢安举族雅集,与兄弟子侄辈一起讲文论道。恰逢天降大雪,谢公忽发兴致,问大家道:"白雪纷纷何所拟?"道韫的哥哥谢朗答道:"撒盐空中差可拟。"谢道韫接着说:"未若柳絮因风起。"谢安一听,大为赞叹。后世就称其为"咏絮才"。有才如此,怪不得她嫁给书圣王羲之的儿子王凝之还感到委屈了自己,大发牢骚说:"不意天壤之中,乃有王郎!"

此外,形容文思敏捷的,有"倚马可待"之才;夸奖人诗文作品超过当时名家的,有"压倒元白"之才;赞扬学识渊博的,有"陆海潘江"之才,即"陆才如海,潘才如江"……

古人爱才,不吝夸奖,而且赞语不落俗套,每有新奇,比较起来,反倒显得我们正引以为时髦的"你太有才了"的流行语,未免有些浅白粗俗了。

知识频道

耶路撒冷是一个宗教圣地,基督教的圣墓教堂、犹太教的哭墙和圣殿山、伊斯兰教圣石庙皆聚集于此;耶路撒冷也是一个激进对立的城市,从它建成之始就充满了战火硝烟。

胜利和眼泪！就是人生！

——巴尔扎克

撤下来才算 成功

赵盛基

每当登山英雄们登上珠穆朗玛峰时，他们会热烈拥抱，流出激动的泪水，还会展开鲜艳的国旗，打出胜利的手势。是的，他们登上了世界第一高峰，来到了离天最近的地方，他们是佼(jiǎo)佼者，他们成功了。

然而，一个征服了无数高峰的登山家却说："这还不能算成功，能撤下来才算成功！"

从珠穆朗玛峰下撤难度比登顶还大，很多事故不是在登顶而是在下撤时发生的。那些把生命永远留在山峰间的人们，不乏曾成功登顶的勇士。这是因为，登顶时大家都作好了充分准备，对于天气状况、体能状态以及攀登起止时间等等条件，都可以做到自主控制和选择。

智慧箴言

昨天如灿烂的晚霞，虽万般明艳，却已挂在了西落的山顶；一时的成功正如散落在时间长河中的明珠，虽闪亮耀眼，但终将随波逐流。过去的失败，不要遗憾惋惜；一时的成功，不要沾沾自喜。因为明天的路还很长，明天也将更加美好！

而在下撤时，所有这些条件都是被动的，谁也无法选择和控制。珠峰气候变幻莫测，天气情况只能听天由命。尤其是在登顶之后，登山者的体能严重下降，加之登顶后高度兴奋，更加消耗体能，下撤时没有充足的体能保证，严重时有的人甚至连接入氧气管的力气都没有了，所以就很容易出现失误。

飞机飞上蓝天就算成功了吗？不算，平安降落之后才算成功；飞船进入太空就算成功了吗？不算，安全返回之后才算成功。世上任何成功都是这样，不是瞬间，而是全程。

> 我的人生正是：使事业成为喜悦，使喜悦成为事业。
>
> ——罗素

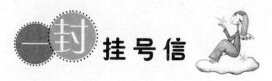

一封挂号信

马 德

在华山，有一位姓何的独臂背山工，他每天早晨都要背着重重的东西，艰难地从山脚下一直爬到陡峭（dǒu qiào）的山顶。而每背一次，只能挣到十多块钱。

有一年，一个到华山旅游的山东"驴友"发现了老何，并被他自强不息的精神深深感动。于是他拍摄了一组照片，发到一些网站的论坛上。由此，好多人都知道了老何的名字。

老何非常感激为他拍照片的这位先生，但是不知道如何表达对他的谢意。他在得知了这位先生的地址之后，非常郑重地写了一封感谢信。信的内容很简单，只有寥寥几行字，大意是如果这位先生以及他的朋友们还能再

> 在时间的长河与空间的隧道里，常常有人因感叹时光的易逝和生命的短暂而平庸一生。文中的老何虽然是残疾人，但他却没有因此而低迷消沉、自怨自艾。他用自己的方式演绎着不一样的人生，并把他对生活的希望、对生命的诠释完美地展现在世人面前。

智慧箴言

小学生智慧训练营

次来华山的话，他愿意免费把他们的行李背上山。

为了能够准确地寄出这封信，老何特意寄了一封挂号信，而这封信，足足花去了他3块8毛钱。如果换算成他背上的东西的话，就是十几斤的重量。

老何说，在这件事上花去3块8毛钱，值！一个残疾人，用这种特别的方式，表达着他对这个世界的诚意。

知识频道

大马士革伊斯兰风格建筑的主要代表是建于公元8世纪的倭马亚清真寺，它被从朱庇特神庙延伸出来的城墙包围。在内院，是由6根石柱支撑着的拜占庭式装饰的六角形建筑。在一个三殿式祈祷堂里安放着圣物——施洗约翰的颅骨。

人生不售返程车票，一旦出发了，绝不能返回。

——罗曼·罗兰

贵在不知足

张 伟

一个中国小伙子刚到美国学习音乐时，由于经济拮据(jié jū)，只能靠做钟点工维持生活。一天，他路过一家地处闹市的银行，看到很多学生都在银行门口当"街头音乐家"。他们或拉小提琴，或吹奏管弦乐器，忙得不亦乐乎，驻足观赏的人群中时不时响起稀疏的掌声，还有不少人向钱盒里投掷硬币。看到这，小伙子心动了：既能练琴，又能赚钱，何乐而不为呢？

第二天，小伙子便拿着一把小提琴加入到"街头音乐家"的队伍里。慢慢地，他发现在拉琴的学生中，绝大多数人只是为了"玩潇洒"，只有一个黑人学生是为了生计才去拉琴赚钱的。也算是惺惺相惜吧，中国小伙子很快就和那个黑人学生成为很要好的朋友，他们互

智慧箴言

都说"知足常乐"，但当你还有发展的空间，还有前进的能量时，你为什么要驻足享乐呢？不如整理思绪、整合力量、整装出发吧。能汇入到大海，就不要甘心只做一条小溪；能长成参天大树，就不要甘愿只做一棵小草。

小学生智慧训练营

相关照，互相学习，每日一起拉琴赚钱，日子过得还算可以。

那个黑人学生非常满意现在的生活，甚至于拉琴的时候也能表现出满足和陶醉。而那个中国小伙子并没有满足现状，在街上赚了一些钱之后，他便到哥伦比亚大学攻读音乐博士学位去了。

10 年之后，中国小伙子在那家银行门口又遇到了那位黑人朋友，黑人看到当年的好朋友忽然出现，热情地打着招呼："嗨！好久不见，你现在在哪里拉琴？"中国小伙子回答说："在卡内基音乐厅。"黑人又问："哦，那是美国最著名的音乐厅，门口也有很多人吗，也能赚到很多钱吗？"中国小伙子说："是的，可以赚到很多钱。不过，我是在音乐厅里面拉琴。"黑人听罢，惊愕(è)地张大了嘴巴……

黑人怎么也不会想到，今天的这个中国小伙子已经成为闻名世界的音乐巨人，他的名字叫谭盾。他以香港回归为主题创作的《一九九七交响曲》响彻中国大地，他创作的《卧虎藏龙》主题曲获得美国奥斯卡"最佳原创配乐奖"，他因此成为历史上第一位获此殊荣的华人音乐家，同时，他也让所有的美国人都知道了"原来东方音乐是那么好听"。

曾经处于同一境地的两个琴手，10 年后便有了天壤（rǎng）之别。知足与不知足，看来真不只是心态上的差别。

宿命论是那些缺乏意志力的弱者的借口。

——罗曼·罗兰

马拉松者 村上春树

罗 屿

在日本文坛，村上春树是个"别具一格"的作家，他文风独特，行事也如此：很少与外界往来，不属于任何作协组织，不爱抛头露面，不上电视，不作报告，采访也很有限。私生活中规中矩，有板有眼：早上 5 点起床，晚上 10 点就寝。每天写作 4 个小时，长跑 10 公里。如此这般，坚持了 26 年。

他每年要跑一个 10 公里比赛、一个半程马拉松、一个全程马拉松。迄(qì)今,他已参加马拉松比赛 28 次,另外还多次参加铁人三项。无论他到哪儿旅行,包里总少不了一双运动鞋。

他说,从《寻羊历险记》起,他大多数作品的灵感,都源于长跑途中。

跑马拉松的作家

村上春树开始跑步是在 1982 年,那年他 33 岁,经营酒吧,凌晨关门后,开始写作,感觉自己被分了为两个人。后来,他选择寂寞地写小说,于是和妻子搬到乡下,整日伏案写作。由于担心健康,他开始慢跑。

渐渐,跑步途中有了许多值得他领会的东西。比如,刚开始跑时,他就曾遭遇"美丽的邂逅(xiè hòu)"。那时他每天都和一个妙龄女郎迎面而过,持续了多年。偶尔,他们会打个招呼,但最终,没交谈过一句。如此的相遇,都能让他默默欢喜。

有时,跑步还是一场历险。今年三月,他在寓所附近的森林公园跑步,忽然不见了踪影。对于他的去向,有人说,他不告而别,去了欧洲。有人说,他去了四国岛,因为他曾在《海边的卡夫卡》中透露过这个意图:"不知什么缘故,觉得四国像是自己应去之地。"还有人说,村上春树正在美国某个幽静的酒吧里,倾听他在《爵士群像》中描绘过

智慧箴言

在成长的道路上,我们会遇到许多对手,但最为强大的那个始终都是你自己。面对困难时,你退缩;面对抉择时,你彷徨;面对诱惑时,你迷失……这一切都是由于你内心深处的挣扎所致。这时,只要你稍稍坚持一下,等待你的就会是花香满径。

的美妙的爵士乐。其实他只是不慎跌入一个掀开井盖的下水道内，昏迷几天后苏醒，自己爬了出来。

艰苦的马拉松赛，在村上眼里也充满乐趣。他以多次参加的波士顿马拉松为例：比赛从中午 12 点开始，一路上家家户户烧烤的香味扑鼻而来。途经韦尔斯利女子大学时，女大学生们齐刷刷地排列着，高喊着加油。而最终冲过终点的快感，丝毫不逊于完成一部长篇小说。

开始长跑是他作为作家的起点

村上春树觉得自己胳膊太细、腿太瘦，其实没有什么体育天赋，就如他从没奢望会成为作家一样。他"每次写作，累得好像紧紧拧过的抹布"，他说，长跑的本质和写作一样，就是一次又一次把自己逼到极限。唯一的对手是你自己，面对的是你内心的挣扎。

爱好运动的作家很多，但大多只是为了强身健体，只有村上，认定跑步具有如此深刻的精神内涵，且与写作灵魂相通。村上认定，是跑步提升了他的写作高度，他曾说过："33 岁，是耶稣死去的年纪，是菲茨(cí)格拉德开始走下坡路的时候，而我在这个年纪开始长跑，那才是我真正作为作家的起点。"

至少,他从不走路

《挪威的森林》是村上春树作品中特殊的一部,自问世以来,一直是很多电影人的心头好。村上春树一直认为这部小说结构特殊,没人能改编成功,因此,当他把电影《挪威的森林》的执导权和改编权交给法籍越南裔(yì)导演陈英雄时,确实让人大跌眼镜。据说村上春树最初也曾拒绝过陈英雄,但陈英雄并没有放弃,他不停约见村上春树,并着手写起剧本。后来,村上春树觉得,至少也该见见这个执著的人。陈英雄抓住了这次会面的机会,说服村上春树"交出"了《挪威的森林》。

面对日本媒体,村上春树只说了一句:"陈英雄身上,有一种持久力。"

持久力,恰恰是村上春树的长跑理念。这位作家,把跑步的智慧套在了生活上。

村上春树这样形容自己的理想生活:怀抱心爱的猫,专心写作。累时听歌,品酒。至于跑步,只要他还能走,就会一直跑下去。和吃饭、睡觉、写作一样,跑步已成为他生活的一部分。他甚至连自己的墓志铭都已想好:"至少,他从不走路。"

"雨水"为二十四节气之一,表示天气回暖,雨量逐渐增多。每年2月18日前后,太阳到达黄经330度,为"雨水"节气。

我是异世界之王

［美］詹姆斯·卡梅隆　朱学恒 译

　　我可以说是和科幻小说一起长大的。高中时我每天坐公交车上学，来回各一小时。我总是在车上读科幻小说，它可以让我神游其他星球，仿佛亲临，满足我无止境的好奇心。

　　而这好奇心也体现在——事实上，我只要不在学校，就会去野外探险或是采取样本——青蛙、虫、蛇……把它们带回去用显微镜观察。我非常喜欢科学，想要了解这个世界，了解各种可能。

　　而我对科幻的喜爱似乎映射在真实生活中。当时是 20 世纪 60

年代后期，我们正准备登陆月球，我们正在探索深海。雅克·库斯托（著名海洋探险家，同时也是电影制作人，他将所拍摄的海洋世界制作成电影和电视片）把他的奇幻生物和世界带到了我们的客厅，这是我们之前无法想象的。这些都和我的科幻经验互相辉映。

我那时是个创作者，我可以画画。我发现因为电玩、电脑动画充斥媒体，我得把脑中的这些影像绘出来。我们都这样做过，我们孩提时都有过阅读时通过作者的描述让画面出现在脑中荧幕上的经验。而我对此的回应则是画出异形生物、外星世界、机器人、太空船等。创意总得要找到发泄的出口。

雅克·库斯托让我看到的有趣事情是——竟然有个异形世界就在地球上。我也许无法某天坐着太空船去外星球——这机会看起来相当小，但有个地球上的异形世界是我可以去的，它跟我从书中所想象过的外星球一样丰富、奇妙。

于是我在15岁时决定要成为潜水员。唯一的小问题——我住在加拿大的一个小镇，距离最近的海洋有600英里。但我没让这阻拦我。我不停地求老爸，直到他终于在美国找到——距离边界不远的纽约水牛城有水肺潜水课，于是我就在纽约水牛城，在深冬的泳池中拿到执照。在那之前我没看过海——我是说真的海。直到两年之后，我们搬去加州时才看到。

在接下来曲折的40年当中，我在水下花了3 000个小时。我发现深海，甚至连浅海也是——充满了超越我们想象的让

智慧箴言

创意存在于我们生活的每个角落，但在创意的同时又会带来风险。做任何一件事情都会存在风险，但是风险的背后却是创意所带来的价值。创意和风险在特定情况下是相互联系可以相互转化的。所以当你有了某些新奇的想法时，不妨努力为之准备，让其早日变为现实。

人惊奇的生命。大自然比我们人类微不足道的想象力要强太多了。直至今日，我依然对潜水时的所见感到敬畏不已。

当我长大后，则选了拍电影谋生。这似乎是在我对讲故事与制造影像的热情之间最好的折中。我在孩子时就经常画漫画，而拍电影正是把讲故事和制造影像结合的方法。当然我讲的故事铁定是科幻故事：《终结者》、《异形》，然后是《深渊(yuān)》。拍《深渊》时，我把我对电影和潜水的热爱结合起来了。

《深渊》带来了一个新的成果。为了解决这部电影特殊的叙事问题，我们得创造这种液态生物，我们必须拥抱电脑动画，也就是电脑特效。这是电影中破天荒有软性表面的动画角色。我见证了让人惊讶的状况——全球观众对于这明显的神奇效果感到震惊。

你知道这是阿瑟·克拉克定律（阿瑟·克拉克，太空题材科幻作家。他将科幻创作和科技研究中的经验以"定律"的形式加以总结，即所谓的"克拉克基本定律"）——任何足够先进的科技都与魔法无异。他们见证了魔法般的奇迹，这让我非常兴奋。我想：哇！电影艺术需要拥抱这个科技。于是在下一部电影《终结者2》中，我们更进了一步，我们创造了那个液态金属人，我们想要看看这有没有作用——我们又创造了魔法般的奇迹，观众又有了同样的感觉。

我把这两个经验连结在一起，这将会是一个新世界，一个新的充满创造力的世界。20世纪90年代中期，我写了一个叫《阿凡达》的剧本，目标是完全超越目前视觉、电脑特效的极限。但技术的极限打击了我们。我公司的员工告诉我，我们目前还做不出这东西来。

于是我就把这点子封存起来，拍了另外一部电影，关于一艘沉没的大船。我向制片公司推销时，说这是船上的罗密欧与朱丽叶，将会是个史诗般的爱情故事，充满热情。但说老实话，我其实只是想要潜到真正的泰坦尼克号遗迹中去，这才是我拍片的真正理由。

听起来很疯狂，但这讲的就是——你的想象力创造现实，真正创造了现实。6个月之后，我坐在一艘俄罗斯潜艇里，在北大西洋海面下 2.5 英里处，透过舷（xián）窗看着真正的泰坦尼克号。不是电影，不是高画质，是真正的泰坦尼克号。

这让我超震惊！你知道这得作超多准备，我们得设计灯光、摄影机……但让我惊讶的是，这样的深潜如此类似太空任务，需要非常高的技术，需要大量的计划。你走进一个密闭的空间，进入黑暗危险的区域，如果你不能自行返航，就不可能有人救援。我不禁想：哇！我好像活在科幻电影中，这真是超酷的！

我就像被名为"深海探险"的虫咬了一样。令人好奇之处、科学介入之处……什么都有。有想象力、冒险、好奇心、体验，这一切都是好莱坞不能给我的。

我被彻底感动了，所以就越想多做几次。我甚至作了个不一样的选择：在《泰坦尼克号》的成功之后，我说我要暂停我的好莱坞电影导演的正职工作，我想暂时当个全职冒险家。于是我们就开始计划这些冒险，我们又回到泰坦尼克号残骸（hái）。

当时我坐在潜艇中，位于泰坦尼克号甲板上方，也就是乐团最后演奏的地方。然后，我操纵着一台探测仪通过走道。在船上虽然我只是操纵，但意志却在这探测仪中。我觉得仿佛我整个人走入泰坦尼克号之中，这是我这辈子最超现实的似曾相识感。

在我完成了这些冒险之后，我开始欣赏深海中的事物。就比如我们在深海地热孔所看到的惊人生物，它们相对于地球来说，可以说是异形生物。它们活在化学合成的世界中，它们不像我们一样活在阳光为主的世界。你会看到活在 500 度高温地热口的生物，你会以为这些生物不可能存活。

但同时我又对太空科学很感兴趣，这跟我从小就对科幻着迷很有关系。我开始投入太空科学，和美国国家航空航天局深入合作、参加美国国家航空航天局顾问委员会、规划真正的太空任务、去俄罗斯参加太空人准备训练、生物医学流程等。真正携(xié)带着 3D 摄影机飞到国际太空站，这真的超棒的。但最后，我却开始带着太空科学家进入深海，带着太空生物学家、行星生物学家——这些对极端恶劣环境有兴趣的人们到地热口，让他们目睹、收集样品、携带测试仪器。

我们开始拍摄纪录片，但事实上是研究科学、研究太空科学。我把这些环节连结在一起，把这些经验跟真实世界结合在一起。

在这段过程中，在这探索的过程中，我学到了很多：我学到很多科学知识，同时我也学到很多关于领导力的事。

你会认为导演就该是个领袖，或就像是船长一样。但在进行这些冒险前，我并没真的学到领导力。因为在其中的某一刻，我自问：为什么要在这里？为什么我要这样做？我能获得什么？我们这些节目根本不能赚钱，我们只是勉强损益两平，也没什么沽(gū)名钓誉之处。

没有名声、没有光耀、没有金钱，你在做什么？你是为了任务本身而做！是为了经历挑战——海洋是世界上最有挑战性的环境！是为了发现新事物的战栗(lì)，还有那奇妙的关系—— 一小群人组成了一个坚韧的团队。我们这十几个人在一起工作了好几年，常常要在海里一起待上两三个月。

在这关系中你会发现，最重要的事情是尊敬。你对他们的敬重，他们对你的敬重，你完成了一个无法对他人解说的任务。你无法对别人解释，也许一同经历过某些事情的人们永远无法对别人解释。这是一种牵系，互相敬重的牵系。

那我们可以从这一切中分析出什么呢？我们学到了什么？我想，首先好奇心很重要，这是你拥有的最强大的事物。想象力是一种可以真正改变现实的力量，而团队和你的互敬比世界上任何桂冠都重要。有年轻的导演问我，做这一行是否有忠告？我说，别自我设限，其他人会替你设限制。千万别自我设限，别不相信自己，要勇于冒险。

美国国家航空航天局有这么一句话——没有失败这回事，但我们一定要接受失败的可能。在艺术、在探险中都一样，因为这正好相反。任何重要的创意突破都是冒着风险完成的，你得愿意承担风险。最后我想说的是——不管你做什么，永远都必须承担风险，但恐惧却非必然！谢谢！

不论人生多不幸,聪明的人总会从中获得一点益处;不论人生多幸福,愚蠢的人总觉得无限悲哀。

——拉·罗休弗克

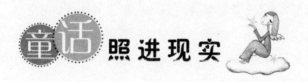

童话照进现实

朱 晖

把垃圾焚(fén)烧厂变成童话城堡,听起来像个天真的童话吧?!

这得从维也纳的现代化进程说起。奥地利的城市化进程日益加快,首都维也纳的高楼大厦更是如雨后春笋般拔地而起。然而,经济的飞速发展虽然造福了民众,但人们也不得不面对现代化的另一面——环境污染。

维也纳渐渐沦为被垃圾包围的城市。市政厅迫不得已,计划在市中心建立一座大型垃圾焚烧厂。消息不胫(jìng)而走,立刻遭到广大市民的强烈反对! 谁都无法容忍,作为世界艺术之都的维也纳变成以垃圾为中心的城市。市民们的强烈谴(qiǎn)责让市政部门进退两难:不建吧,垃圾问题无从解决;建在郊区吧,收集和运输成本

智慧箴言

任何事物都有它的两面性,在一定范围及前提下是可以相互转化的。坏事坏到了极致可能会变成好事,同样二者是可以兼容的。遇到难题的时候换个角度,说不定等待你的就是柳暗花明。

太高;建在城市中心地带吧,市民不答应。这可如何是好呢?

这时,人们想到了白水先生。白水先生是奥地利最有名的艺术家,同时也是个生态学者,他向来主张生态建筑形式。他是否有什么高招,能让问题迎刃而解呢?

官员们特地去拜访白水先生,诚恳地请教应对方法。白水先生呵呵一笑,说:"这好办呀,我来为你们设计垃圾焚烧厂,地点就选在多瑙(nǎo)河畔好了。"官员们瞪大了眼睛,多瑙河畔!这可是维也纳最著名的旅游景点,市民们还不得造反?白水先生接着说:"等我把图纸设计好了,你们再看是否合适吧。"

没多久,市政厅就收到了白水先生送来的设计图纸。官员们争相目睹,看后纷纷叫绝。工程很快上马,取名为"施比特劳垃圾焚烧厂"。如今,这座垃圾焚烧厂成了维也纳的又一道旅游景点。如果你第一次见到它,一定会误以为进入了一个童话城堡。整个建筑仿佛用积木搭成的房子,窗户镶嵌在色彩斑斓的红苹果、蓝剪刀等卡通图案之中。垃圾焚烧厂里高耸入云的大烟囱顶着一个巨大的金球,宛如一个金碧辉煌的旋转餐厅。当然,这座童趣盎然的建筑,其真正功效是担负着处理维也纳 1/3 垃圾的重任。最令人称道的是,焚烧产生的热能还用于发电,供维也纳 20 万户人家使用。白水先生化腐朽为神奇,当地媒体赞美他说:"他的'童话城堡',让童话照进现实。"

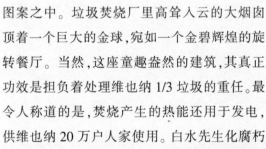

什么是伟大的一生？少年时的志愿在寿终前得以实现就是伟大的一生。

——维尼

豆腐石头

段奇清

地中海有一个叫马耳他的小小岛国，其地底下有一种呈灰白色或乳黄色的矿物质。这种东西初开采出来时十分柔软，即使拿指甲随便划拉一下，也能刻下很深的印痕，甚至只用一把普通的木工刨(páo)子就可将它刨成光滑的圆柱或笔直的方块。可就是这种非

常软和的东西,只要被放在太阳底下晒一段时间,就会变得坚硬无比,别说是任意切割,就是用大锤去砸,也很难把它砸开。

这种东西何以有这样一种神奇的性质?因为它有着含量极高的氢氧化钙,氢氧化钙遇上空气中的二氧化碳后,就会变成坚硬无比的碳酸钙。

这就是马耳他人津津乐道的,与阳光、海水一同被列为"三大国宝"之一的"豆腐石头"。能把一种石头称为国宝,是因为这种易加工、成型快,成型后坚固耐久的"豆腐石头"给马耳他人带来了极大的便利。

早在公元前 3600 年前后,马耳他人就用它筑成了规模宏大的石头城。

二战期间,法西斯军队派遣空军对马耳他狂轰滥炸,企图一举征服它。但守岛盟军总能以最快的速度构筑起最坚固的工事和完善的机场,并最终赢得了战争的胜利。

马耳他以弹丸之地得以生存至今、而且可以在世界上占有一席之地,可以说这种"豆腐石头"功不可没。

联想到人生。人们在称道一个人刚柔并济时,总会说他是外柔内刚。其实,先柔后刚更见智慧,更显宝贵。

先"豆腐"后"石头"更能彰显出一个人谦恭的精神境界,昭示一个人铁骨铮(zhēng)铮的气度。

智慧箴言

外柔内刚也是中国五千年传承下来的具有中华民族特色的处世态度。对于人生我们需要秉持外柔内刚的态度,学会做生活的强者和学习处世的哲学在当今社会是非常必要的!

从不充分的前提中推断出充分的结论，这种艺术就是人生。

——巴特勒

为 谁

龙应台

　　孩子大了，我发现独自生活的自己又变成了一个不会烧饭做菜的人，而长大了的孩子们却成了美食家。我呢，有什么就吃什么，不吃也可以。一个鸡蛋多少钱，我说不上来；冰箱，多半是空的。有一次，我为安德烈煮面——是泡面，加一点儿青菜叶子。汤面端上桌时，安德烈吃了两口，突然问："青菜哪儿来的？"我没说话。他追问："是上星期你买的沙拉对不对？"我点头，是的。他放下筷子，一副哭笑不得的神情，说："那已经不新鲜了呀，妈妈你为什么还用呢？又是你们这一代人的——习惯，对吧？"他不吃了。

　　过了几天，安德烈突然说："我们一起去买菜好吗？"我们到城里国际食品最多的超市去买菜。安德烈很仔细地挑选东西，整整花了三

智慧箴言

　　现代社会时间观念越来越强，生活步子越来越大！但即使这样，我们也应该善待自己的生命。享受生活也是减压的一种方式。这种方式将会使我们的人生价值和内心感受趋于平衡，也会让生活更加美好。

个小时。回到家中，天都黑了。他要我这做妈的站在旁边看着，"不准走开哦"。

他把顶级的澳洲牛排肉展开，放在一旁。然后把各种香料罐(guàn)，一样一样从架上拿下来，一字排开。按了按钮，烤箱下层开始加热；把盘子放进去，保持温度。他把马铃薯洗干净，开始烧水，准备做新鲜的马铃薯泥。看得出，他心中有大布局，按一定的时间顺序在走好几个平行的程序，像一个乐团指挥，眼观八方，一环紧扣一环。

电话铃响。我正要离开厨房去接，他伸手把我挡下来，说："不要接不要接。留在厨房里看我做菜。"

红酒杯，矿泉水杯，并肩而立。南瓜汤先上，然后是沙拉，里头加了松子。主食是牛排，用锡纸包着，我要的四分熟。最后是甜点，法国的 Soufflé。

是秋天，海风徐徐地吹，一枚浓稠蛋黄似的月亮在海面上升起。

我说："好，我学会了，以后可以做给你吃了。"

儿子睁大了眼睛看着我，认认真真地说："我不是要你做给我吃。你还不明白吗？我是要你学会了，以后做给你自己吃。"

人生须知负责任的苦处，才能知道尽责任的乐趣。

——梁启超

雨天小姐的感谢信

寂　地

雨天小姐，是一个头顶一直带着乌云，个人世界里不断下雨的人。有天，鸽子先生送了雨天小姐一把伞。

"你好啊，雨天小姐。"鸽子先生说。

"就算你一直都带着乌云走在雨里，我也给你撑会儿伞吧。"鸽子先生说。

"其实，我已经习惯雨天了……"雨天小姐说。

"没有人应该习惯雨天。"鸽子先生说。

"你要让你的心情放出阳光的光彩。"鸽子先生说。

"你要习惯开朗快乐的日子。"鸽子先生说。

"好呀。"

雨天小姐说。她又忍不住想，自己到底做了什么好事才会遇到鸽子先生。

她以为这是一个特别的行为。但实际上这只是一个朋友的一把关于友谊的伞。雨天小姐小小地郁闷了一下，但没了雨水打在帽子上的滴答声，世界上一切美丽的声音开始渐渐清晰(不好的声音也开始容易辨别)。

所以，雨天小姐写了这样一封感谢信，作为一段小心动的结束，也作为一切一切的重新开始。

亲爱的鸽子先生：

　　谢谢你。你在我习惯阴冷的雨一直在头顶的郁闷日子里给了我一把伞。

　　虽然我误会了一点点，以为那是一把特别的只属于我的伞。但你其实有很多很多的伞。它们被分给每个遭遇梅雨季节的人，还有一把被你留下，要给一个真正特别的人。

　　你也不能只为我撑伞。因为我的小世界很强大，雨下个不停。我会自己学着撑伞。

雨天小姐

虽然生活不如雨天小姐期待得完美，但至少，还是收到了一份不错的礼物。

雨天小姐期望遇到一个把唯一的那把伞举在她头顶，一直一直为她撑伞，懂得她的人。到那一天，再去珍惜吧。

智慧箴言

　　生活中我们要怀揣着一颗感恩的心来对待周围的事物，并以将这颗心用于帮助别人的方式来回馈社会。学会珍惜身边的每一个人！因为只有懂得了为别人撑伞的道理，才会获得他人对你的珍惜和关爱！

一场大搜救所体现的生命尊严

孙道荣

所有的人都不愿意接受这个事实：他已经遇难了。近千人搜救了整整三天两夜，最后，在一个荒僻（pì）的山坡上，人们找到了他的遗体。他没能等到搜救人员找到他。

杭州，西湖以西，群山环抱，景色秀美。经常有三三两两的杭州人或者外地游客，在群山之中穿梭（suō），觅景，踏青。在距离城区不远处有如此美景，实在值得人们珍惜。但连绵的群山也容易使人迷路，特别是不熟悉地形的外地人。

6月7日凌晨5点多钟，杭州110指挥中心接到报警，这名打电话的男子称，自己是安徽人，在一座叫小和山的山中迷路，手被划伤了，已经被困在山中一天一夜了。

报警人无法判断自己的位置，他只是断断续续地提供了四条信息：能看见成片的别墅、一个水库和一个铁塔，还能听见电锯声。

接到报警后，搜救工作立即展开。第一批搜救人员兵分四路，从四个方向上山搜救。无果。

随后，大批增援人员赶到现场。特警、派出所民警、消防队员、户外搜救队的志愿者、附近的村民、猎户、护林队以及驻地部队，近千名搜救人员带着猎犬对小和山一带进行地毯式搜救。考虑到迷路者有可能被困在荒僻地带，很多搜救队都是用柴刀砍出一条条小道，寻找求救者。

为了确定求救者的位置，搜救人员还采用卫星定位系统，对求救者报警的手机进行定位。然而，没等搜救人员找到他，他的手机信号就突然从定位系统中消失了。

天又突然下起了雨。山路泥泞不堪，搜救工作仍旧艰难继续。

一天一夜，搜救无果。求救者在打了报警电话后，就再也没能联系上。

此时，搜救现场出现了不同的声音：为了一个求救者，动用如此庞大的人力、物力、警力，是不是太浪费了？是不是太大动干戈了？是不是很不值得？

但搜救工作一刻也没有停止，杭州的媒体也对这次搜救行动进行了大规模的报道。人们的心，都与一个和自己本无任何关系的求救者紧紧联系在了一起。人们焦急地等待着，期盼能尽快找到他，帮助他脱离困境和危险。

经过整整三天两夜的搜救，搜救人员终于在一处偏僻

人活一辈子都要建设人生，失掉建设的人生，没有不垮台的。
——池田大作

生命对于任何人而言都是最宝贵的，因为人的生命只有一次，失去了就再也回不来了。尊重人的生命是尊重人的价值的一种体现，也是一个社会文明发展的缩影。

伊斯法罕，正如它轻灵曼妙的名字一样，这座伊朗第三大城市承载了众多不一样的东西，透露出浓郁的艺术气息。伊斯法罕，这座历史古城，曾经是"丝绸之路"的南路要站，是非常重要的历史文化名城。

的山脊(jǐ)上，找到了趴伏在草丛中的他。他已经遇难了。这样的结果，让所有人深感痛心。

大搜救结束了，却在杭州引发了一场大讨论：为了一个普通的求救者，动用如此大的人力、物力、财力，是不是值得？一位市民表达了自己的观点：老百姓有上山迷路犯错误的权利，政府就有救他出来的义务。关键时刻有人来救他，这才是有安全感的生活。

她说出了大多数普通人的心声。大搜救是对生命的尊重，正是这样的看重、尊重和敬重，我们每个人的生命才体现出应有的价值和尊严。

有尊严的生命，有尊严的个体，这是社会的一大进步。

人生是一次航行。航行中必然遇到从各个方面袭来的劲风,然而每一阵风都会加快你的航速。只要你稳住航舵,即使是暴风雨,也不会使你偏离航向。

——西·切威廉斯

奉陪者

星 竹

她拿出一整天的时间,陪朋友去商店买衣服。没想到,朋友没有选中满意的服装,她却无意间挑中了两双心仪的鞋子。事情一下子掉了过来,不是她陪朋友,反而成了朋友陪她。

老师让他义务辅导班里数学差的同学,没想到辅导中,他却有了升华,领悟到了数学的奥妙,从此他更爱数学。中学的最后一年,他竟夺得了全英国的数学冠军,后来成为著名的数学大师。

朋友第一次去相亲,不免有些羞涩。她抱着成人之美的好心,陪朋友去见那位男士。相亲之后,男士和朋友互相都没有看中,那位男士却暗暗对她产生了情愫(sù)。多少年后,这位男士竟然成了陪伴她一生的丈夫。

小时候,泰森的伙伴里,有一个人整天梦想成为

智慧箴言

在生活中有时我们陪朋友做事时自己会有意想不到的收获,那是因为我们内心的真诚奉献和真诚付出!人生也是这样,我们在陪伴着人生这个伙伴的同时,奉献真诚的自己时,也会获得人生对自己的青睐。

拳击手，他希望找一个陪练者——一个挨打的人。谁都不愿意去充当这个角色，泰森却甘愿奉陪，分文不取地整天挨打。一年两年，朋友不见起色，挨打的泰森反而成了世界级拳王。

马克年轻的时候，是在救助站里任职，工作之一就是劝解别人，让人想开，早日脱离苦难。劝解中，别人不见得怎么开心，马克自己的心胸倒是越来越宽阔，越来越懂得了什么样的人生才是幸福的人生。他劝解了别人20年，最终成了美国最有名的心灵教父之一，一生写了上百部让人觉醒的书。

在我们的经验中，我们有多少次是在陪别人、为别人奉献的时候，自己却成了收获者？生活就是这样，它并非完全是某种巧合，而是因为我们真诚的奉献和付出。

知识频道

信仰的力量是强大的，尤其是宗教的信仰。麦加是伊斯兰的圣地，是穆罕默德的诞生地，也是伊斯兰教的发源地，因此它成为全世界穆斯林所向往的地方。

有的人活着,他已经死了;有的人死了,他还活着。

——臧克家

一记耳光

冠羿

很少发脾气的父亲也曾发过脾气,而且还狠狠地给过我一记耳光。

那年我念初二,因为参加学校的演出需要统一穿白衬衫,而我的白衬衫在演出前几天不小心染上了一大块黑墨水,清洗后依旧惨不忍睹。我是男一号,站在舞台最醒目的位置,在荧亮的聚光灯下,穿上这样一件墨迹斑斑的衬衫上台这不是让我出丑吗?随着演出时间的迫近,我心里越来越急。当时根本没想到要去借一件,只希望自己能在最短的时间内买一件新的回来。放学回家后,我偷偷拿走了母亲备着急用的钱,以为她不会发现。白衬衫买回家后,我美美地穿在身上舍不得脱下,躺在床上构想着演出那天的风采。母亲确实没发现我拿走了她的钱，只是当演出结束时，因为太高兴了，我忘记换下这件新的白衬衫就匆匆回家了。

回到家里，父亲正坐在大厅等我。我开心地向父亲打了个招呼，嘴里还吹着口哨。"小宇，你过来一下。爸有事问你。"父亲平静地叫我，眼睛却紧盯着我的白衬衫。"什么事呀？爸。"我随口回答，并没有走到他的跟前。"你这件白衬衫哪来的？"父亲走到我的面前。我低着头，嘟囔着不敢说实话。父亲唬着脸，一再追问，平日里的笑容早已不见踪影。"向同学借的。"情急之下，我第一次向父亲撒了谎，话才出口，脸已绯红。

"叭"的一声脆响，平日里笑容可掬的父亲居然扬手打了我一记耳光。我捂着火辣辣的脸，愣愣地看着父亲，不相信这是真的。父亲从来没有打过我，这是我生命中的第一记耳光。我恨死父亲了，我冲着他大声哭叫："是，我是偷了妈妈的钱，但我不是故意的，学校演出要统一着装，可我的白衬衫不小心染上了黑墨水，洗又洗不干净，我才拿妈妈的钱去买的……"我委屈地哭诉着，豆大的泪珠汩汩而流。"我不是反对你买白衬衫，但你拿钱时要和父母商量。你这种行为和偷有什么区别？"父亲脸上泛着层灰，没有一丝笑容。看见父亲严峻的脸，我渐渐垂下头，我知道这一次父亲是真生气了，而且是很生气。他早上带妹妹去医院看病时才发现少了钱，他问了母亲，问了小妹都说没拿，但父亲不相信是我拿的，直到看见我身上穿的白衬衫。

之后的几天，父亲阴郁着脸，他总是哀叹，说自己教子无方，养儿养

智慧箴言

只有坦白，才能有条不紊，才能平淡如水，才能处事不惊。在群雄争霸的战场，只有诚实才是能够用来拼杀的力斧，只有诚实才是理直气壮地取得胜利的光荣武器！

出一个小偷来。平日里乐观的父亲因为我的行为难过了很久，直到我主动写了检讨书，当面向他认错。

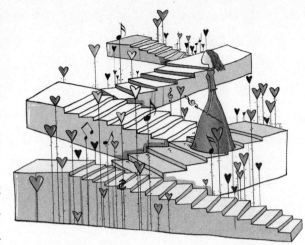

"我希望你能够记住这个耳光，记住我今天给你说的话：没有规矩，不成方圆。做人做事一定要诚实，当一个人失去了别人的信任时，你将寸步难行……我打你是我不对，我向你道歉，但你的行为让我感到痛心。现在，你能清醒地认识到自己的错误，我依旧为你高兴，希望你以后不再犯同样的错误……"那天，父亲说了很多，直到看见我肯定地向他点头，并且做下保证后，他凝重的脸上终于又露出温暖的笑容。

看见父亲的微笑，我惶惶不安的心终于安定下来，但那一记耳光和父亲说过的话，我一直铭记在心。就像父亲说的：当失去别人的信任时，我们将会寸步难行。这些话像警钟般敲响在我耳边，时时提醒我——做人一定要诚实。

只想找回简单的快乐

孙君飞

朋友问我:如果给你 190 万英镑,你能花多少年?我飞快地在头脑中算了算:190 万英镑,约合 307 万美元,合成人民币,至少 2 000 万,按照我目前的生活水平,一辈子也花不完。朋友说:你一辈子也花不完的钱,有人只用 6 年就花光了。然后,他给我讲了一个真实的故事:

故事的主人公叫凯利·罗杰斯,6 年前,她还是一个 16 岁的普通英国少女,但一件"突发的大事件"让这个少女的前程一下子变得不同。

罗杰斯无意间买了一张彩票,幸运之箭竟准确地命中了她。190 万英镑的奖金让她兴奋眩(xuàn)晕,刹那间觉得无论哪里

智慧箴言

任何成功都是经过不懈努力才能获得的,并不是简单的天上掉馅饼。财富可以改变一个人的生活状态,但是不能改变一个人的内心灵魂!精神的愉悦要比物质的满足更加令人心仪向往,简简单单才是真!

都是她想去且能去的地方。她高举着硕大的奖牌，任凭闪光灯对着她闪了又闪，但再耀眼的灯光也敌不过她明艳的青春。

巨额财富的从天而降，自己摇身一变成为英国最富有的少女之一，这无限地膨胀着罗杰斯内心的欲望和所有踌躇(chóu chú)满志的计划。她的父母生活并不阔绰，现在她要报答父母对她的爱，于是她毫不犹豫地购买了两套房子送给父亲和母亲；而年迈的祖母更不能丢下不管，何况她现在送给祖母一套房子，就像祖母当年送她一个别墅模型一样简单；最后，轮到自己了，也不能委屈自己，拥有一套心仪的大房子，再在花圃里种上缤纷的花朵，还有比这更浪漫的事吗？

四套房子，购买加装修，花去了55万英镑。没有人真正劝过罗杰斯，被赠送者"乐享其成"，何况这是爱的礼物，更具有一种魔法，能在瞬间将尘埃里的生活擦拭得锃(zèng)亮夺目，财富的诱惑鲜有人能够抵挡。

接下来，罗杰斯又花了约26.5万英镑购置了梦寐以求的豪华汽车，并订购了大量精美的物品。而且，她的财富来得那么容易，亲友们也就很容易开口向她借钱，她自然也不会拒绝。再说她从没拥有过这么多金钱，她一直沉浸在梦幻中，觉得自己的钱多到永远花不完的地步。而且，济困解忧，是举手之劳，也是成就感之所在。

另外，青春虽然本身即是美，但何妨锦上添花，将自己变得更美？罗杰斯从此跟普通的衣服说再见，只钟情于著名设计师的时装。而金钱越多，人的勇气也就越大。当罗杰斯对自己的身体不够满意时，竟早早地做了整形手术，勇敢得令医生也感到吃惊。此外，她还要参加各种聚会，为青春铺展出一条繁华甬(yǒng)道。添置时装、整形手术、参加聚会，她的花销不低于 45 万英镑。

罗杰斯还爱上了度假。她以金钱做"魔毯"，让自己享受了一场场奇幻之旅，为此掷去了 20 万英镑。而且为了保证安全，她还花 7 万英镑为自己签了法律"护身符"。

财富也唤来了爱情。从前，朴素的罗杰斯并没得到多少男孩的青睐，现在她却成了众多男生的"梦中情人"。但是，正如贫穷阻止不了爱情，财富也助长不了爱情。罗杰斯给男友们赠送礼物时非常慷慨，一共用去了 18.8 万英镑，但遗憾的是她始终看不清对方究竟是真爱她，还是只是觊觎(jì yú)她的财富。

慢慢地，罗杰斯意识到，自己其实并没有勇气和智慧来过一种天上掉"金饼"的生活。巨额奖金曾带给她无限风光，现在风光下却是越来越重的阴云。她说："我的生活一片混乱，现在我希望所有一切都过去，我能重新找到一些快乐。"

如今，罗杰斯恢复了普通人的生活。她和母亲住在一栋小房子里，并在一家超市里找了份理货员的工作，而且同时承担了三份清洁工作。虽然不再锦衣美食，但她比任何时候都快乐。她的生活在重建，她的人生也重现灿烂。

彩票巨奖在罗杰斯不经意间，毁掉了她许多宝贵的东西。但当她的内心重获澄澈之光时，她淡定从容地说："我只想找回简单的快乐。"在我听来，这却是多么惊心动魄的一句话。

体悟处于
世界中的自己

人的灵性应该说是高尚的,是坚忍不拨的,并不是卑劣的、腐朽的。

——哈代

卡贝尔桥的 阳光

艾准

卡贝尔桥是欧洲最古老的木桥,恋人们在这里许下心愿,天鹅在波光粼(lín)粼的湖面上悠闲地畅游。21岁的凯伦经常和男友丹尼坐在湖畔,感受阳光轻轻洒在肌肤上的感觉。可是她却无法看见这里的美丽——凯伦有先天性眼疾,世界对她来说是一片黑暗。

但这一切即将改变,世界知名的眼科医生来到小镇,只需要做个精准的手术,凯伦就能重见光明。好消息来得太快,凯伦和丹尼简直不敢相信。但是,凯伦有些不安,这个世界究竟是怎样的?和自己头脑中想象的一样吗?凯伦有些紧张,这么多年她一直在父母的保护下生活,光明的世界对她来说太陌生了!

为了缓解凯伦的焦虑,丹尼决定这个周末带她去镇上的公园游玩。在去公园的路上,

智慧箴言

对于凯伦来说,这个世界是美好的,因为她看不到那些阴暗和污秽的存在,更因为她身边的人们在尽心竭力地保护着她。那射入她眼中和心底的第一缕阳光,因小镇居民和丹尼的呵护而变得更加清纯和美好。

有一家小银行,丹尼决定先去取点现金,让凯伦独自坐在银行的长椅上等他。

小镇看起来那么平静,悠闲的路人、安静等待恋人的盲女、戴草帽的大叔、推着婴儿车的年轻父母……

一声枪响划破了宁静,一个带着黑色面罩的男人冲进了银行。大家很快意识到发生了什么,尖叫声、呼救声此起彼伏。而凯伦显然还没明白发生了什么事,她大声地叫着丹尼的名字,惶恐不安地想起身。在凯伦身边的劫匪一把把她拎了过去,用枪顶在她的头上。

"所有人都按照我说的做,不然我就毙了她!"劫匪示意顾客都出去,要工作人员帮他把现金、柜子里的金条都装进黑色大包里。这时,警车呼啸而至。"让我留下来做人质吧!"丹尼举起了双手,向劫匪恳求,"她是我女朋友!"丹尼指了指凯伦的眼睛,劫匪这才意识到人质是个盲女,劫匪同意了丹尼的恳求。

此刻茫然失措的凯伦吓呆了,因为丹尼靠近她的时候,能感觉到凯伦全身瑟瑟(sè)发抖。

"亲爱的,别害怕,这只是个演习!"丹尼用手指在凯伦手心画字,他安慰凯伦说,刚才他在柜台旁边听见工作人员说不用报警,这是事先安排好的反恐演习,为了效果逼真,所以事先没有告诉顾客。

"事实上那个劫匪是一个菜鸟警察!"丹尼偷偷地告诉凯伦,凯伦的心情慢慢平复下来,"他手上的枪,我敢打赌里面是沙弹!"凯伦被丹尼逗得忍不住"噗哧"一笑。

凯伦的情绪渐渐稳定下来，她似乎相信了丹尼的话，自觉安静地配合着"演习"。劫匪把凯伦挟持到窗边，对着警察喊话。凯伦虽然被抓得有点疼，这时谁都不知道她为什么突然侧过头，然后对劫匪说了一句话："嗨，你喜欢吃比萨吗？"劫匪一头雾水，就在他走神的一刻，早已埋伏好的狙(jū)击手击中了劫匪的肩膀，鲜血喷射出来溅到凯伦的脸上。警察冲了进来，凶匪倒在地上，丹尼使劲对警察使眼色，然后高声对凯伦说："亲爱的，演习结束了！"

冲在最前面的警察忽然明白了什么，走过来解开了凯伦的绳索，对她说："恭喜你，勇敢的女孩，演习结束了！"丹尼的绳索也被解开，他紧紧地抱着凯伦，深情而温柔地对她说："亲爱的，瞧，你脸上的是番茄汁，别害怕。"

"演习"结束后，丹尼紧紧牵着凯伦的手问："刚才你想对菜鸟警察说什么？"、"我忽然觉得肚子饿了，想邀请他等我眼睛好了去家里吃妈妈做的比萨！"凯伦天真浪漫的答案让丹尼觉得又好笑又后怕。

一个月后，凯伦躺在医院的病房拆线，她的房间里布满了鲜花，这都是小镇的居民送的，祝贺她成为小镇最勇敢的女孩。关于那场抢劫，小镇的报纸、居民都形成了默契，没有任何的报道和议论。因为他们知道，也许这个世界不那么美好，但还是希望这个女孩看到的第一眼是阳光。

知 识 频 道

大约在公元前 1600 年杰拉什就开始有了人烟。杰拉什的许多罗马建筑风格的神殿和庙宇，是在公元前 64 年罗马军队占领叙利亚及包括杰拉什在内的南部一些城镇之后建立起来的。

每一个人都是一个小小的海湾。

——爱迪生

 处于世界中的自己

[美] 霍华德·舒尔茨

　　星巴克公司在非洲的卢旺达开设了两个支持农民的办事处，专门让当地人获得可持续的发展，改善生活。一个月前，我去了当地一个咖啡种植园，一下飞机，就被当地农民的热情所淹没。我想和这些农夫有一个推心置腹的交流，希望他们用自己的话语告诉我，他们在卢旺达的生活是怎么样的，我又可以帮助他们做些什么。

　　一开始，这个对话进展得非常缓慢，后来让我感到惊讶的是，一个女农民站了起来。翻译告诉我，舒尔茨先生，她问你可以帮助她做什么。她的回答是什么？她的回答是能不能帮我买一头奶牛。我问她为什么想要一头奶牛，她说她需要新鲜的牛奶给她的孩子喝。

我们公司在 51 个国家有一万七千多家咖啡店，年销售额超过 100 亿美元，而这位女士只要一头奶牛，这让我认识到了世界的巨大反差。这件事情告诉我，我们作为一个人，作为一个公民，到底有什么样的责任？对于我来说，我是商业领袖，我有什么责任？

我出身于纽约的贫民窟，在我 7 岁的时候，父亲的形象——脚上裹着石膏，歪在沙发上，不能出去工作，被抛入社会最底层的那副模样——一直萦绕在我的脑海里。父亲是个老实人，一生落魄潦倒，没有自己的房子，他兢兢业业地当卡车司机，只是为了让家里的餐桌上有吃的。后来父亲跌断了脚踝（huái），没有医疗保险，更严重的是失去了工作。本来就一贫如洗的家庭完全没了收入，母亲为了下一餐不得不去向人借钱。

在那一刻，我看到了所谓的美国梦的真谛（dì）。7 岁的我不知道将来会承担这么大的责任，但是那一天让我开始学着怎样去看这个世界。

让我谈谈另外一个有趣的故事。有一次我在伦敦的一条非常繁华的大街上，发现有一家很破旧的奶酪店。走进去后，我看到柜台后面站着一位男士，穿着破破烂烂的衬衫，还有破洞。我很有礼貌地跟他交谈了 10 分钟。我当时非常好奇，你在这样的店铺里，真的能卖那么多奶酪来支付昂贵的地租吗？

事实上这个店铺已经开了一百多年，而他每天到这里来上班的原因，是因为一个词。什么词呢？就是诚信。什么叫诚

智慧箴言

为钱创业对于有理想有信念的青年创业者来说是个很肤浅的目标，要为自己的理想创业！物质上的富有和精神上的富有在任何一个年代都是没有可比性的。要想成为一个真正幸福的人，就要拥有自己的理念和价值观，就是要用真诚去拥抱世界，要把自己的快乐一点点传播出去。

信？就是我的父亲，我的祖父，我的曾祖父都是从事奶酪事业的，我的儿子在我祖父以前经营过的农场里继续生产这些奶酪。我今天站在这里售卖奶酪，就是因为这个事业是家庭的事业，我们希望对家庭事业的历史表示尊重，我们希望把这个传统延承下去。

对这个卖奶酪的人来说，经营这个奶酪店不是为钱，而是为了让顾客品尝到的每一块奶酪都有非常精确的来源。我在这里讲这个故事想说的是，在这个社会里真正为了钱去创业，那是很肤浅的目标，而往往这些创业者都不会取得成功。梦想开始的背后一定要有自己的理念和价值观，最大的成功就是可以和别人分享你的这种理念和价值观。

今天我们也在朝着这个目标进行奋斗。我去拜访卢旺达就是因为这个原因：我希望今天世界各地的每个人，你们所听到的、所看到的和所决定的，都要承担一种责任。当我听到卢旺达的女士提出想要一头奶牛的话，我已经不是旁观者了。我已经置身于她的生活，给她希望，就成了我的责任。

回想起我的创业初期，的确有很多难处，但是我每一天都在不断地接近梦想，并且把自己的梦想与世界紧密地联结起来。所以我想如果你每天都怀抱梦想，并且真诚去关爱世界，你的梦想就会变得越来越大。

人生如下棋，深谋远虑者获胜。

——巴克斯顿

老师，请相信我女儿

[美] 杰姬·弗莱明 朱孝萍 编译

我的女儿杰姬上小学二年级。

一天，她的老师克里打电话让我到学校。去了之后，克里老师说，一个学生看到杰姬从出生缺陷基金会的募捐罐里拿了硬币。

我听女儿说过，那个出生缺陷基金会的募捐罐一直放在克里老师的讲台上，以方便所有想帮助脊髓灰质炎患者的孩子们捐出一分一分的硬币。杰姬也找我要过零钱，并且把帮我做家务得到的报酬(chóu)也带到学校去，说是要塞进罐子里去，她还说他们的校长罗斯福本人就是因为患了这种疾病而坐轮椅或是靠双拐走路的。她非常同情那些孩子，她想帮助他们。

因此，我决定在作出判断之前先询问一下杰姬。

那天放学后，所有的孩子都走了，教室里只剩下

智慧箴言

人与人之间的坦诚是以信任为基础的，母女间也不例外。家长是支撑孩子成长的一份坚实的力量，家长的支持与信任会在孩子心底开出最美的花。请相信自己的孩子吧！

我、克里老师和杰姬三个人。我在杰姬对面的一张小课桌前坐下来。我看到杰姬的两只脚在不停地对搓，她的头一直低着，看着自己的桌面。我轻轻地唤了她一声，她抬起头来，看着我的眼睛。我伸手握住了她的手。

"克里老师说有人看见你把手伸进了出生缺陷基金会的罐子里面。我只问你一次，你也只需回答我一次，"我对她说，"杰姬，你从罐子里面拿硬币出来了吗？"

"没有，妈妈。"杰姬毫不迟疑地回答。

在那一刻，看着杰姬纯真的眼眸(móu)，我决定相信她。

我拉着她的手，走到克里老师的讲台前。

"杰姬没有拿硬币，老师，请相信我的女儿，谢谢您！"我对克里老师说，然后，我低下头，对杰姬说，"现在，我们去伯登店买冰淇淋。"

四年后，杰姬小学毕业，我在为她收拾旧书本时无意中发现了一个小本子，上面有杰姬的几篇作文，其中有一篇记录了这件事。

她是这样写的:"我确实将手伸进了那个罐子,但我当时是在用手指摸索着数罐子里面的硬币。我没有像同学报告的那样从罐子里拿硬币出来,一个也没拿。但是,即便我这样告诉克里老师,她还是把我妈妈叫到了学校。当时我很担心,似乎没人相信我。我不知道该怎么办。幸运的是,妈妈相信我,她非但没有不问缘由地训斥我,还带我去伯登店买冰淇淋。从那一刻起,我知道妈妈永远都是我的坚强后盾,她会永远支持我,而我,也永远不会欺骗她……永远。"

字迹在我的眼前渐渐模糊,终于,一滴泪悄然落在本子上,将那墨迹溶化。

知识频道

以弗所位于土耳其西海岸,它也是众多小亚细亚文明遗址中规模最大的遗址之一。公元前 20 世纪,鉴于以弗所重要的商航地理位置,吕底亚人和腓尼基人在此兴建了贸易港口。

人生如集市，众人在此相聚，却不久留；人生如客栈，路人在此歇脚，而后又走。

——艾·霍·布朗

难得到老，圆梦正好

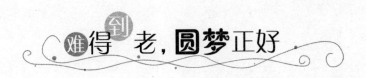

张鸣跃

年轻时的梦想未能实现，年老时只能空留感慨。大多数人都这么认为，有一位老人却不这么想，他叫史洛生。

10年前，史洛生退休时就喜不自禁地宣布："这下好了，终于老了，我可以圆我的梦了！"于是，他有了一间专门用来圆梦的小屋，闲人一律免进。

他将几个大木箱搬到小屋里，一一打开：武打小人书，武侠小说，武林秘籍，武术招式图解，各种自制的、买来的古兵器和奇形怪状的暗器，梅花针，袖镖，滴血子，小李飞刀……他要圆他少年时的一个梦：把中国的古兵器全都原模原样地打造出来，使之完整地呈现在世人面前，让中国武术几千年来兵器演化的历史重现真身！

智慧箴言

梦想徒留梦中永远只是梦想，要想让梦想变为现实，就要选择脚踏实地地付出。不要说太忙，不要说太晚，梦想的实现其实很简单，伸出双手，迈出脚步，你的梦想就此起航。

谁敢说这不是一个伟大的梦？谁敢说如果这样的梦只空留在想象中不是中国的一大遗憾？

为了圆这个做了二十多年的梦，他花费了整整 10 年。他到处搜寻各种武林书籍和珍藏兵器，跑遍了 24 个省，寻找到上万名各种武术的传人，6 次拜访少林寺……大海捞针一般挽救了除了早已失传之外的一百八十多种冷兵器资料。

搞全弄清每件兵器的资料仅是个开始，制作才是关键。制作一件兵器需要十几道工序，小兵器上一个最小的圆圈要打 5 榔(láng)头，一条最短的细线要打 20 榔头。就这样，制作一件小兵器要经过几万下的敲打，几万次的砂轮打磨。难怪有人说，他造一件兵器比养一个孩子还难。

2009 年，史洛生已打造出 580 件不重样的古兵器，共计 5 大类，136 个系列。除了常见的刀、剑外，不同门派的独特兵器，长、短、双、软、暗等无一或缺。

"青龙偃(yǎn)月刀"、"千里追风鹤"、"铁蒺藜(jí lí)"、"梅花针"……一件件经常出现在武侠小说中的兵器，如今真实地展现在世人的眼前，中国震惊了，世界震惊了……有人想出 100 万元买他的兵器，被他婉言谢绝。然而，让所有人都想不到的是：他决定将这 580 件古兵器全部捐给中国武术博物馆。很多人问其原因，史洛生只说了 8 个字："难得到老，圆梦就好！"

人只有献身于社会，才能找出那实际上短暂而有风险的生命的意义。

——爱因斯坦

猜猜我为什么不当兵

吴建国

　　把国家的皇宫和首相府作为旅游景点，供游客们参观拍照，这对于中国游客来说，多少有点意外，所以，当我们在导游沙瓦的带领下，从两排礼兵的中间走进去的时候，仿佛在进行一场阅兵仪式，我不由自主地收腹挺胸，迈出标准的步伐。

　　参观是随意的，当我在大厅里看一些工艺品陈设的时候，导游沙瓦走过来，轻轻地对我说："先生，你一定是一个军人。"

　　我曾经是个军人。但在异国他乡有人提起，我立刻警惕起来。沙瓦显然没有敌意，脸上带着微笑："我到过你们中国，我很喜欢中国……"

　　接触了三天，我们感到沙瓦很会煽（shān）情，虽然他会的中文词

智慧箴言

　　身处在纷繁复杂的社会中，要学会如何分辨是非黑白，如何正确处理一件事情；要学会对待任何事都不要一刀切，具体问题具体分析；还要拥有一个清醒的头脑和一双明亮的眼睛来看清事件的本源。如果你以一颗宽容的心来面对世界，它将回报给你一片美好！

语并不多。我也礼貌地说:"你们的国家很美丽,我们来旅游的人都为你们幸福的生活感到高兴。"

"谢谢你,谢谢你们。允许我猜一猜你吗?"

"你不是已经猜过了吗?"

"你是一个不错的军人,你有一个美丽的妻子,还有一个可爱的孩子……"

和我同行的一个北京人听到了,说:"你这不是猜测,我们中国的男人,每人都只有一个妻子,也都只有一个孩子。"

沙瓦也笑了:"那你们猜猜我吧!"我们都摇摇头,谁也无法猜透一个外国人。

"我大学毕业后,当了一年兵,但在这一年中丢了三次枪。所以,我现在做导游了。"当了一年兵,丢了三次枪?在回酒店的旅游大巴上,沙瓦给我们这些中国游客,讲了他三次丢枪的故事:

那天,我背着枪穿过广场,有几万人在集会抗议。我身穿军装又背着枪,很容易引起误会,于是我将子弹退出枪膛,把枪放在垃圾桶里。回到军营,我的长官拍着我的肩膀说:等集会结束后,快把枪找回来。但这支枪没有找到。第二次我们配合警察缉(jī)毒,包围了一个林地,双方进行了枪战。我看到了那些人,他们和我的兄弟长得差不多,我不仅没开枪,还把枪也丢了。这次,我受了处分。第三次,有几十个环境保护者越过警戒线,爬上了警卫的洞库。我端着枪向他们喊:下来!下来!终于,上面有人答话了:你把枪扔掉,扔掉我们就下来。僵持了很久，我只能把枪扔了。这次，长官没有处分我，他对着我的屁股狠狠地踢了一脚：滚蛋吧！

听到这里，我们都笑得前仰后合，这个沙瓦，真是太有意思了。

"这个世界上，要是没有枪就好了。"突然沙瓦说了一句。我们都静了下来。

是啊，世界上要是没有了枪，那……就好了。

知识频道

　　君权神授观念在古代西方一直带有奇幻的神秘色彩，西方封建君主的一生都笼罩在一层神秘的光环之中。内姆鲁特·达格陵墓就是这样一座展现"人神共乐"的帝王陵墓。

最明亮的欢乐火焰大概是由意外的火花点燃的。人生道路上那些散发出芳香的花朵，也是由偶然落下的种子自然生长出来的。

——约翰逊

应该感谢的人

想 飞

那时，她还是一个大学生，独自在异乡求学，没有亲人，没有朋友，她最喜欢的事就是听电台的一个夜谈节目。主持人是一个年轻的小伙子，在当地很有听众缘，无论你有任何烦恼，都可以给节目组打电话，主持人都会在电话那头为你解疑答难。

有一天，主持人接到一个男孩的电话，那个年轻的声音说："我想自杀。"她的神经一下子绷紧了。她紧张极了，不知道下面会发生什么样的事情，主持人该如何作答。就在她屏(bǐng)息聆听的时候，她听到收音机里传来主持人轻松的声音："等一等，等我抽根烟！"

她简直不敢相信自己的耳朵，当事人命悬一线，主持人竟然还有雅兴抽烟。她紧张地抱起收音机，甚至能听到自己怦怦(pēng)的

智慧箴言

我们应该感谢生命中出现了那么多慷慨激昂、振奋人心的词汇：梦想、信念、坚持、执著、努力，是这些词汇让我们对生活对世界充满了希望。我们应该扬起梦想的风帆，不管遇到多大的风浪，都要坚守一个信念：勇往直前。

心跳声。

一会儿,收音机里传来男孩的声音,居然是:"你抽的什么牌子?"接下来,他们聊起了香烟,没有人再提到自杀的事,当事人好像也忘了。

那件事给了她莫名的感动,倾听别人的声音,了解别人

的内心,解决别人的烦恼,那是多么美好的事业!她想,如果她也能做这样的电台主持人该有多好!

想到这里,她立刻提笔给主持人写了一封信,说她梦想有朝一日也能坐在录音室里,像他一样,为别人排忧解难。在信中,她问主持人,你也曾有梦吧?你能否帮我实现这个梦想呢?

主持人居然在广播里答复了她,说想当主持人的那位叫柴静的同学,你下午可以到电台来面试。

她欣喜若狂。那天下午,她去了,让她没想到的是,在主持人的办公室里,居然有五十多位同学,都是听到广播后来碰碰运气的。主持人也无权定夺,最后只好请出电台领导。领导问:"你们中间有谁学过播音?"

大家面面相觑(qù),最后一个都没被留下。

可她并没有气馁,回到学校后就钻进广播站,她要自编自导自录一个节目。那时正是南方最热的季节,她在广播站忙了一个下午,从录音室里出来的时候,全身都湿透了。可她连口水都没喝就直奔电台,亲手把取名为"别样的声音"的带子交给了那位主持人。

只听了一段,主持人就把录音机给摁了。主持人一直背对着她,她看不清他的脸,更不知道他在想什么。她想,看来是没有希望了。

办公室里安静得都能听见她的心跳,就在她犹豫着是不是应该逃出去时,主持人开口说话了:"今天晚上,你来做我的节目,我让你。"

晚上,她来到播音间,坐在了主持人的位置上。那一晚,她就像来到自己的领地一样,侃(kǎn)侃而谈。

从那一次开始,她就成了这个电台的客座主持人。毕业后,她理所当然地做了主持人。从电台到电视台,从省台到央视,从坐在主持间里的主持人到一线采访的记者,就这样她一步步地走了过来。她就是后来在非典中第一位走入病房一线,深入报道事实真相,从而改变了央视《新闻调查》风格,改"编导中心制"为"记者中心制"的央视名嘴——柴静。

那位让柴静坐在他位置上的主持人叫尚能,他不知道他的一次"让座"成就了另一个人的一生,他也不知道今天的柴静有多红,因为他已经离开了人世。

柴静在她的博客中写道:感谢尚能。

但是,如果不是柴静心中有梦,受挫后依然执著,坚持到最后,那么梦恐怕就只是梦了。

柴静,其实也应该感谢她自己。

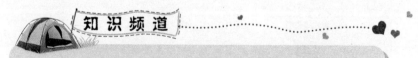

知识频道

位于巴基斯坦首都伊斯兰堡以西二十多千米的塔克西拉,是一座建于2500年前的古城。古城里既有高大的城垣、别致的佛塔,又有逼真的人物浮雕,受到世人的关注。

人生是患难与欢乐所组成。

——陶行知

生活就像一场 马拉松

——给北大附中高一(3)班的信

史铁生

　　我只上到初中二年级，便因历史原因即告失学，故一直对"高中"二字心存仰慕(更别说大学了)。今得各位夸奖，心中不免沾沾。人都是爱听好话的，虽非罪过，但确是人性之一大弊端，所幸私下常存警惕。

　　我有个小外甥，也上高一，我送他四个字：诚实，善思。依我的经验，无论古今、未来，无论做什么工作，这都是最要紧的品质。学历高

低,智商优劣,未必是最重要的,我一向以为对情商的培养才是教育的根本。所谓"知己知彼,百战不殆","知彼"多属智商,比如分析力、想象力、记忆力,以及审时度(duó)势的能力;"知己"则指情商,是说要有了解自己、把握自己的能力。情智兼优自然最好,却偏偏智商一项由不得人,那就在情商上多下功夫吧。一个人如何才能有所成就呢?一要知道自己想干吗,二要知道自己能干吗,三还要知道自己必须得干吗。

听说某些人考大学,一味投奔那些高分录取的专业,生怕糟蹋了分,结果倒忘了自己喜欢什么和自己的才能在哪儿。如此盲从,我担心他一辈子都是人云亦云,即便虚名屡屡,也难真有作为。

什么是"必须得干"的事呢?比如说你得吃饭吧?得活命吧?凭什么你总能干着自己喜欢的事,却让别人管你的饭?换句话:凭什么他人俗俗,你独雅雅?二十几岁时我明白了这个理儿,就到街道工厂去干活了,先谋一碗饭吧,把自己从负数捞回到零,然后再看看能否得寸进尺。炸酱面有了,再干吗呢?我想起上学时作文一向还好,兼有坷坷坎坎的二十几年给我的感受，便走上了写作这条路。幸好是走下来了，其实走不下来也是很可能的。不过我想，只要能够诚实地审视自己（知己），冷静地分析客观（知彼），谁都会有一条恰当的路走。

任何生活都有深意，唯思考可使之显现。生活，若仅仅是经历，便似一次性消费，唯能够不断地向它要求意义，生活才会漫展得深远、辽阔。所谓胸襟宽广、思想敏锐，并不取决于生活的样式，而是与你看它的角度与深度相关。最深远辽阔的地方在哪儿？在心里——你心里最为深隐的疑难，和你对它最为诚实的察看。（顺便说一句：诚实，并不是说你就不能有隐私、有秘密，而是说你不要对自己有丝毫隐瞒。有些事说出来不好意思，你也可以不说，但你不可以不想，不能一闭眼就算它没了。）比如作文写得好不好，并不在于你怎样活过，而在于你怎样想过，或想没想过。有同学问我是怎么写《我与地坛》的，我的经验是：到那儿去待一阵子不行，待一辈子也未必就行，而是要想、要问。提出问题比解答问题更要艰难。厉害的人，多有一脑袋或一辈子的疑问，因而才有创造。

所以，学习也是一辈子的事。我常跟我的小外甥说，就算你上北大了，读清华了，博士后了，学习也不过是才开始。世界上那么多书，还不够你读？人世间那么多疑难，还不够你想？读书重要，思想更重要。书是人写的，古圣贤之前并没有书，或只有很少的书，何以他们竟能写出前无古人的书呢？还是要靠观察，靠感受，靠思想。因

智慧箴言

什么是成功的人生？这问题似乎影响了所有思考它的人，影响了每一个为之奋斗的人。但其实，能体现自己的价值、实现理想的人生就是成功的，并不在于多么富有、多么奢靡。平淡快乐才是真！

此就不必为北不北大、清不清华过分忧虑。你跑一阵子,我跑一辈子,还不行吗?我早就认定自己的智商是中等,这份诚实(情商)让我受益匪浅。人生确实像爬山,每爬一段都会有些人停下来。北大了,清华了,那不过是说起跑还不错,但生活是马拉松,是铁人三项,是西绪福斯式的没完没了。

再说了,就算你北大了清华了,剑桥了哈佛了,"诺贝尔"了,就一定是成功的人生吗?比如说,你一辈子也没别人一阵子跑得远,这咋办?又比如说,你一阵子比别人一辈子跑得还远,然后又咋办呢?怎样才算成功?什么才是成功的人生?就留给各位去解答吧。提醒一句:这问题,你不回答你就停下来了,你回答你就别想靠一阵子;反正是愚钝如我者已然大半辈子了,尚未找到标准答案。

知 识 频 道

　　在地中海最大的岛屿克里特岛上,距海边四千米的地方有一座面积 2.7 平方千米的城市克诺索斯。几千年来,克里特岛一直被神话传说的神秘面纱所笼罩。

人生像一张洁白的纸，全凭人生之笔去描绘，玩弄纸笔者，白纸上只能涂成一摊胡乱的墨迹；认真书写者，白纸上才会留下一篇优美的文章。

——梅特林克

一个美国人的三个本子

陈大超

到省城去看望一个朋友，恰好他的一个美国朋友也在。这个中文名叫"蜡笔"的美国人，鼻子很尖，一笑，两个嘴角就高高扯起。

"你好。"他有一口流利的中文。

朋友特意对我说："蜡笔身上总是带着三个本子，看到什么、想到什么，他都会随手记下来——连花了多少钱买了一根雪糕，也会记下来。"

蜡笔笑笑说："这样不仅可以知道钱都花在什么地方了，而且日后看到这些文字时，还会想起我买那些东西时的情景，同时，我也会因此得到另一番享受。比如说吧，当我在本子上看到雪糕时，它的味道就会又一次出现在我的口腔里，回味无穷——哦，

智慧箴言

生活本身就是一本大书，需要我们去仔细品读。读懂生活、品尝生活的人向来都是善于发现身边的美，并身体力行去记录它、传递它。对生活充满乐趣、对人生充满乐趣是勇于实现自我价值的另一种体现。活着就要乐着！

我的口腔里现在就有那种味道了。"他耸（sǒng）耸肩膀，"这不是很好吗？"

朋友接着说："他昨天在街上散了两个多小时的步，居然在本子上记下了 45 种不同的味道。"蜡笔扯起嘴角笑一笑："那 45 种味道里，有很多种能让我一下子想起我的童年，当然，它们今后将会更多地让我想起我在中国的生活。生活中的味道，是最能勾起人对某段生活、某个场景、某个人物的回忆的。"

朋友让蜡笔把他的三个本子拿出来给我看看。第一本是一个可以放在掌心的长方形活页小本子。可惜，里面密密麻麻写的全是英文，我一句也看不懂。不过，他在本子的封面上倒是写了两个汉字：细碎。蜡笔说美国人把"细节"叫做"细碎"。他的这个本子，就是专门记录生活中的"细碎"的。他接着拿出一个稍大一点的塑料皮本子："平时脑子里想出什么灵光一现的东西，或者看到什么美妙的句子，就随手记在这个本子上。"第三个本子,是一个像小影集的东西,可以把照片一张张插进去。只不过,他插进去的都是他从前两个本子上撕下来的文字。他说:"这些都是我特别喜欢的,生活细节的精华和思想智慧的精华。"蜡笔把这三个本子,称为"我的大学"。

我不由得感叹道:"现在电脑和手机已经让很多人忘记了笔和纸的存在,很少有人能动笔写下文字来享受生活了。"

蜡笔说:"关键是,要对发生在自己身上的事情感兴趣,懂得从自己的经历中,品尝出活着的快乐与意义,否则也就谈不上热爱他人、热爱世界了。"

朋友后来告诉我,蜡笔是最"热爱世界"的。汶川地震发生后,他曾三次前往灾区当志愿者。当然,每次去时都带着他的这三个本子。

知识频道

　　特尔斐是古希腊一处重要的"希腊圣地",同时它也是古希腊城邦的共同圣地。阿波罗神庙位于这里,著名的"阿波罗神谕"也是在这里发布的。

人在一生当中的前四十年,写的是正文,在往后的三十年,则不断地在正文中加添注解。

——叔本华

别滑向未来,要一小步一小步地来

吕 麦

1987年,34岁的舒尔茨买下星巴克,并出任总裁兼CEO。他依靠"现磨现煮"的经营特色,在短短5年里将星巴克发展成为了一个世界级的大企业,创造了咖啡行业的奇迹。

1992年6月26日,是舒尔茨职业生涯中最幸福的日子,因为星巴克这一天在纳斯达克成功上市了。春风得意的他,为未来3到5年的星巴克定下一个雄心勃勃的目标——在本土和海外,各开设15 000家分店。

随后,星巴克果真如一辆加足马力的越野车,开始了狂奔般的扩张。翌(yì)年春天,星巴克在美国本土拥有了161家连锁店。不久,伦敦已有近256家,马德里、迪拜分别有了48家,韩国253家……一切看上去是那么完美。

于是乎,2000年,舒尔茨在一片赞美声中辞去CEO的职务,开始悠闲地巡视他遍布世界各地的"小王国"。然而,舒尔茨越看越惊心,他发现:密密麻麻的门店,相距不到10分钟的路程,为了抢顾客竟然"同室操戈",让很多顾客望而却步;而有些店,却因人满为患,将"现磨现煮"的优质传统服务变成了速溶和机器搅拌……

这些隐患，最终在 2007 年集中爆发。星巴克股价从 35 美元狂跌到 18 美元，惹得投资者们纷纷抛售所持股份，他们担心这座咖啡王国会随时坍(tān)塌。事已至此，舒尔茨不得不赶紧高调复出，来拯救他一手缔造的王国。于是，美国的九百多家门店被陆续关掉，近两万人被裁员。可出人意料的是，舒尔茨并没有停止前进的脚步，而是悄悄把触角伸到了海外。在日本，舒尔茨与一家拥有 180 家分店的日本下午茶连锁店合作开店，以日本人的饮食习惯为考量，成功打开了日本市场。目前，这家合资企业已经在日本开设了一千多家分店，并成功在东京证券交易所上市。

同样，在中国，星巴克也放下了往日高高在上的作风，在北京前门大街精心选址，开设了第一家特色分店，除了严格遵守"现磨现煮，人人和谐"的传统之外，装修风格则入乡随俗地融入了很多中国元素，诞生了名为"凤舞祥云"的星巴克中国特色品牌咖啡。截止到 2009 年 3 月，星巴克在美国已经成功地扭亏为盈，并且营业额增长了 1%，而在国际上的营业额已增长了 13%。

鱼和熊掌不可兼得。二十多年间，舒尔茨让星巴克得到了飞速发展，却也一度失去了很多。于是，他后来在自传《将心注入》里写道："别滑向未来，要一小步一小步地来。"

智慧箴言

　　当我们在人生中艰难向前行走时，千万要一步一步地来，不能急于求成。对于企业发展的道路也一样，一定要脚踏实地，只有迈着坚实的脚步，慢慢发展才会收获成功，欲速则不达，否则会造成前功尽弃的恶果。

每年一到冬天，有一位生长在北方的朋友就常常抱怨台北不下雪，一点儿不像冬天，然后就会谈起他在北方的故乡。那里一片莹白的雪，让人在冬天还有晴朗的心情。

不下雪有许多事做起来就少了滋味，像喝白干、吃烤羊肉，围在一起吃涮锅。

有一回我忍不住说："雪恐怕不是你最怀念的，你怀念的只是一种心情吧？"因为即使在台湾也有许多地方下雪，我的朋友到雪地里还是不能平静。一日到了外国遍地的冰雪上，恐怕更要怀念这个南方小岛的绿色冬天。

原来冷暖最深刻的感受，不是在肌肤上的，而是心情上的。在落寞之际，处在春天的花园

莺歌山之冬

林清玄

里，心里仍然会冷；兴起之时，即使走在寒冷的雪夜，还能有暖意。我常有这样的经验，寻常的人一定也有，我就看过遭受重大挫折的人，在炎热的夏天还浑身打着哆(duō)嗦。

不管是春夏秋冬，我总是喜欢到郊外去，因为在室内，就不能感受真实的季节变化，我觉得最可悲的莫过于夏天总是躲在冷气房里，而冬天来袭时则抱守着暖炉的人。那样的人不知道春花何时盛放，也不能体会冷冬独步街头凛冽的清醒。

去年冬天，我经常到台北近郊莺歌山上的亲戚家里度假，那时我觉得，就是没有雪，人坐在屋里听着山上呼啸的风雨，也能寒到彻骨。莺歌，是一个再平凡不过的小镇，因为它是个陶瓷工业城，还隐伏着空气污染、噪音弥漫、道路崎岖(qí qū)等种种问题，大致地说，它不能说是一个美丽的城。可是就在我从台北往莺歌驰车的路上，心情就美丽了，尤其是在冬天。

台北往莺歌有两条路，一

人的一生可能燃烧也可能腐朽，我不能腐朽，我愿意燃烧起来！
——奥斯特洛夫斯基

智慧箴言

岁月的流逝看似悄无声息，但却在心中留下了痕迹。这种内心深处的感觉并不为外界冷暖所动，而只随心浪起伏涌动。让心拒绝随时间变老，永远保持快乐、单纯与年轻。

知识频道

曼代奥拉在希腊语中是"悬在空中"的意思，这也正是曼代奥拉众多修道院的与众不同之处。几百万年前，这里是一片汪洋，后来地壳运动和海水的冲击使这里变成了一片石林。

条是走板桥、树林、山佳,一条是走板桥、土城、三峡。

前者是沿着铁道的一条山路,曲曲折折,让人有一种深不可测的感觉。尤其是车到山佳,要通过许多山弯,每一山弯后都是一片豁(huò)然开朗的大地。后者是在两片平原中间的宽广马路上,左右都是稻田,偶有灰色的农舍夹杂其中,就是最冷的风雨也是绿色的。

我说冬天最好,是因为一到冬天,污染的空气就仿佛在丝丝的冷雨中被洗清了。

亲戚住的地方是在山上一座独立的大屋,旁侧就是一家工厂,即使在冬天,工厂也24小时发出隆隆的机械声,机械的规律性,时间一久也能不闻其声了。如果有风雨隔着,机械的声音就暗淡下来,那时坐在桌前听风看雨,机械的声音仿佛是有着生命的,不肯向风雨妥协。然后在第二天的清晨,我看见一车车的地砖从工厂中运出,它们是沉默的,但是全省有多少大楼就在那沉默中被建造起来呢?

最好的是火车的声音吧。居处不远,每隔几分钟就有火车的声音响过,从远处看,火车真是美,每一格车窗都有一格乡心在旷野中奔驰,每一扇亮灯的车窗都是活的,它带着我们夜的怀乡的心情,开向南方;南方此刻可能是温暖的,是阳光普照的,我总觉得望着远远的列车,雨中远比阳光下让人惊心。

有时候亲戚的小孩放假,我们就在书房里说故事,围着煤油的炉子,聆(líng)听着孩子们说出他们心里的梦想,他们在冬季仍是充满生命的热力,不畏寒冷。有一天他们在院子里放冲天炮,一道闪光射过满天的雨,最小的孩子欢呼地说:"我要把冲天炮射到星星的位置。"那时天上并没有星,可是在孩子心里却有星的光芒,我想,孩子不畏冬,因为他们总知道春天的百花不远,大人怕冬,是知道下一个春天不是今年的春天。

冬天在孩子的眼中是为春天而吹奏的音乐,是在风雨中还能看见的朝霞。在孩子看来,冬天和春天的距离像同一花枝的两朵花,对我们来说,冬与春的距离,像星与星的距离一样大。我几乎能体会孩子的想法,但也使我惆(chóu)怅,冬天是烦人的,然而只要我们能捉住小小的乐趣,冬天烤番薯的香味也可以和春天的玫瑰花香一样令人回味。

　　人只要有孩子的心情和孩子的梦,冬天下不下雪无关紧要,因为雪也总要过去,纪伯伦说:"橡树和松柏既不是同类,也不必在彼此的荫中生长。"在莺歌山上过冬,我觉得冬天如果是松柏,春天就是橡树,原是没有好坏,差别的只是心情。我写信给朋友:"不必怀念北国的雪了,没有雪也能有雪的心情。"

等到自私的幸福变成了人生唯一的目标之后，人生就会变得没有目标。

——罗曼·罗兰

[前苏联] 高尔基

世界上最好的事情是看白天是怎样诞生的！太阳的第一道光线刚一闪现在天空，黑夜的阴影悄悄地往山谷和石缝中躲藏，藏在茂密的树叶里，藏在满是露水的花边一样的野草里，而山峰则爱抚地微笑着，好像在对柔弱的黑夜的暗影说："别怕，这是太阳！"

海浪高高地昂起漂亮的白头，向太阳礼拜，就像宫廷的美女向国王朝拜一样，一边朝拜，一边歌唱："向您致敬，世界的君主！

仁慈的太阳笑着：这些海浪快活地转了一整夜，现在它们头发蓬乱，绿色的衣裳揉皱了，丝绒的拖地长裙在脚下绊来绊去。"你们好！"太阳一边从海上升起一边说，"美人们，你们好！不过——够了，安静点儿吧！如果你们不停地跳得那么高，孩子们就不能游泳了！应该让世人都感到很好，对吧？"

智慧箴言

自然界的一切总是那样神秘而博大。自然界中的美是永恒的美，这种美并不因时光荏苒而褪色，就像人间真爱，至死不渝。

绿色的蜥蜴(xī yì)从石缝中爬出来,眨着惺忪的睡眼互相说道:"今天要热啊!"在炎热的天气里,苍蝇懒得飞,蜥蜴容易捉到它们吃,而吃肥大的苍蝇该多么惬意呀!蜥蜴是不要命的馋鬼。

沾满沉甸甸露珠的花朵摇摇摆摆,好像在引逗人似的说:"先生,请描写一下我们早晨载着露珠的美貌吧!请用语言给花儿们画一幅小小的肖像吧!试试看,这很容易,因为我们是非常普通……"这些狡猾的小家伙!它们明明知道人不能用语言描绘出它们那招人喜欢的美貌来——它们在笑呢!

我尊敬地摘下帽子,对它们说:"你们太可爱了!谢谢你们给我的光荣,不过我今天没有时间。以后,也许……"

它们骄傲地笑了,把脸朝向太阳,太阳的光辉在露珠上闪烁着,花和叶子像钻石似的闪着光芒。

金色的蜜蜂和胡蜂已在花儿上一边盘旋,一边贪婪地采集着馥(fù)郁的花粉,温暖的空气中则充满着它们浑厚的歌声:赞美太阳——使生活变得快乐!赞美劳动——使大地变得美丽!

红胸脯的知更鸟醒了,它用纤细的两腿站着,摇摇摆摆,也在唱自己轻柔而快乐的歌——鸟儿比人更懂得生活在世上是多么幸福!知更鸟总是首先出来迎接朝阳;在遥远而寒冷的俄罗斯,知更鸟被叫做"朝霞鸟",因为这种鸟胸脯上的羽毛是朝霞色的。在灌木丛中,

活泼的黄雀跳跃着,它们的颜色灰黄相间,像街上的孩子——也那么淘气,那么不停地喊叫着。

追捕昆虫的燕子和雨燕一掠而过,如黑色的箭,发出愉快和幸福的声音——长一对轻快的翅膀多么好啊!

笠松的枝叶摇晃着,它们宛如一些大酒杯,注满了阳光就像注满了金色的醇酒一样。

以劳动为生的人们醒来了,他们终生美化世界,为世界创造财富,但却从生到死一直受穷受苦。

是什么原因呢?这个问题,你以后长大了就会明白,当然,如果你想明白的话;而现在呢,你要学会热爱太阳,热爱一切快乐和力量的源泉,要快活,要善良,就像对万物一视同仁的善良的太阳一样。

人们醒了,他们向田野走去,向自己的劳动场所走去。太阳看着他们,微笑着:它最了解人们在大地上做了多少好事,它曾看到过从前的大地是一片荒凉,而今则满是人们——人们祖祖辈辈创造的伟大劳动成果,除了那些严肃的、孩子们现在还不理解的事物之外,他们还创造了各种玩具和世上一切令人高兴的东西,如电影院。我们的先人劳动得多么出色!他们在我们周围所创造的一切伟大劳动成果是多么值得爱惜和尊重啊!孩子们,不妨想一想:人在大地上劳动的童话是世界上最有趣的童话呀!……

田埂上的玫瑰正在泛红,各处的花儿都在微笑,其中有许多正在凋谢,但它们仍然望着蓝天,望着金色的太阳,它们丝绒似的花瓣籁(sù)籁作响,散发出一种甜蜜的馨(xīn)香,而在蔚蓝色的温暖的洋溢着芬芳的空气里,则轻轻地荡漾着柔情爱抚的歌声:

> 美终究是美,
> 即使是在它凋谢的时候;
> 我们的爱始终是爱,
> 即使是在我们要死的时候……

白天降临了!
你们好啊,孩子们,愿你们的一生里有无数个美好的白天!
我写的这个东西枯燥吗?
真是毫无办法:人一过了 40 岁,就变得有些枯燥了。

知识频道

哈德良长城,也称"罗马长城",位于英国的诺森伯兰、坎布里亚和爱尔兰海岸的索尔韦湾。这座罗马长城修建于公元 122 年~公元 128 年,全长 120 千米,城高 4.5 米,宽约 2.5 米~3 米,耗时 6 年竣工。

愿你们每天都愉快地生活,不要等日子过去了才找出它们的可爱之处,也不要把所有特别合意的希望都放在未来。

——居里夫人

给你另一种颜色的天空

游森棚

开学时我浏览了学生们填的个人资料,资料卡中有一栏"印象最深的一本书"。大部分的答案无甚可观,有点意思的答案中,许多都是数理方面的科普书目。

除此之外——《七龙珠》——呃,这个嘛……

《三国演义》——嗯,很不错,看来网络游戏对他们的影响很大。

《初中语文课本第四册》——这个实在搞笑。

《天龙八部》——嗯,我比较喜欢《射雕英雄传》。

接下来的两本书让我眼睛一亮——夏目漱石,《我是猫》;弗洛伊德,《梦的解析》。

灵光一闪,我的计划成形。家长会时,我说出了我的想法。

"各位家长,我打算进行一个

智慧箴言

培养孩子的阅读习惯可以增加孩子在阅读方面的兴趣,提升人文素养,培养孩子乐观上进的积极态度,有利于孩子世界观的形成和自我价值的重塑,这是一件任重而道远的事情。

长期的计划，每个月我们全班一起读一本小说。每个人都买一本，每一个人都读。我希望学生也爱上阅读，养成一辈子阅读的习惯。

"班上喜欢看课外书的同学不少，如果没有读课外书的习惯，也可以从现在开始培养。阅读的收获是无形的，即使短期内没有立即的效果，但是我相信'腹有诗书气自华'，这是我的理想。"

我深吸一口气，准备迎接家长排山倒海的问题。

读什么书？书款哪里来？为什么要读课外书？每个问题我在口袋里都准备了一套答案。

第一，读什么书？答：原则上是小说。读小说能体味人生。请家长们信任我，书不会乱选。

第二，一个月一本，全班买，这可是一大笔经费。书款哪里来？答：我打算用家长不定期匿（nì）名捐献的班务基金，基金数目可观，已够我们全班看一年的书了。

第三，最根本的问题，我最不想面对的问题。为什么要阅读？作

业都做不完了,哪有时间读课外书?答:书是精神食粮,读书可以陶冶心性,提升人文素养,增进语文能力……

我必须承认,放在口袋里的这些说辞非常没有说服力。特别是第三个问题,我的回答八股之极。我个人太喜欢阅读,这是如此美好的事!

所以我衷心希望学生都能养成阅读的习惯。这个好习惯可以陪着我们度过悲欢离合,受用一辈子。

"完全支持。现在的学生都不读课外书,很糟糕。"明瀚妈妈说。

"赞成!读书的习惯要长期培养。"仲义爸爸说。

"老师,你实在太用心了,家长会全力支持。"会长吕先生说。

家长们几乎是轮番支持。居然没有任何意见,一面倒。原来准备用来说服家长的台词完全派不上用场!

我们的第一本书,是加拿大国宝级作家阿特伍德的《盲刺客》。自此,每个月一本书,没有间断。奈保尔的《幽黯(àn)国度》、萧丽红的《千江有水千江月》、谭恩美的《接骨师的女儿》、马尔克斯的《百年孤独》、斯坦贝克的《珍珠》、阿城的《树王》、《棋王》、《孩子王》……

周记里不时有一些反馈,这是共同的阅读经验。每个月我和许多同学分享心得和乐趣。周记里也不时出现呼告:"下个月的小说是什么?"

我一面欣慰，一面也暗暗咋舌。学生像海绵，疯狂地吸收一切。我挑书挑得更来劲，却也更谨慎——面对这些像白纸一样的学生，每一笔我都战战兢(jīng)兢。书不只影响品位，也会塑造世界观和人生观。

四个月后的家长会结束后，杰伦的妈妈私下来找我。"老师，我要跟你谈一谈班上读小说的事。"

我心中大叹不妙。杰伦上次月考垫底，我脑中飞快闪过一堆画面，也飞快复习了埋藏已久的标准答案。

我清了清喉咙，微笑地看着杰伦妈妈。我必须维持在微笑模式，"怎么说？"

"那个《接骨师的女儿》太好看了！老师，可不可以另外再推荐几本？"杰伦妈妈说。

这下子我是真的笑了。

知 识 频 道

坎特伯雷大教堂的大主教也是英国教会的领袖。在英国，坎特伯雷大教堂是教会权威的象征。英国国王亨利和其王后就葬在教堂的石棺中。大教堂每天都会安排活动，来这里做礼拜的人络绎不绝。

何为生？生就是不断地把濒临死亡的威胁从自己身边抛开。

——尼采

天空、手掌及毛毛雨

黄小平

一段时间，弟子感到活得很痛苦，甚是烦恼。

师父把弟子带到一片空旷地带，问:"你抬头看看，看到了什么？""天空。"弟子答。"天空够大的吧，"师父说，"但我用一只手掌就能遮住整个天空。"弟子无法相信，一只手掌怎能遮住整个天空呢？

只见师父用一只手掌盖住了弟子的双眼，问:"你现在还能看见天空了吗？我不是很容易就用一只手掌遮住了整个天空吗？"接着师父话锋一转，说:"生活中，一些小痛苦、小烦恼、小挫折，看上去虽然很小，但如果放不下，总是拉近来看，放在眼前，搁(gē)在心头，就会像这只手掌一样，遮住你人生的整个晴空，于是你将错失人生的太阳，错失蓝天、白云和那美丽的彩霞。"弟子终于明白了自己

智慧箴言

在人生的浩瀚长河中，一些小事看起来虽不重要，但是时间长了，堆积久了，就变成损害我们自身的大事了，毫不忌讳其实是最大的忌讳！要学会居安思危，只有这样才能在挫折中稳步前行。

痛苦的根源所在。

又一段时间，弟子为人处事总是不拘小节，认为小节无关紧要。

一日，师父问弟子:"下大雨和下毛毛雨，哪种天气更容易打湿人们的衣服？"

"当然是下大雨啊。"弟子答。

"但生活中，最容易打湿人们衣服的，往往是毛毛雨，而不是大雨。"师父说。

"大雨雨量大，毛毛雨雨量小，容易打湿衣服的怎么会是毛毛雨呢？"弟子不解。

"因为天一下大雨，人们立刻就会警觉，带了伞的便会撑开伞来挡雨，没带伞的便会跑到房檐(yán)下避雨。但如果下毛毛雨，人们或是难以察觉;或是察觉到了，也觉得无所谓，认为这点小雨不足以打湿衣服，于是仍无所顾忌地在雨中行走。不知不觉间，毛毛雨在衣服上积少成多，最后便淋湿了整件衣服。"师父说，"为人处世，我们的言谈举止，如一举手、一投足、一个表情、一句话语，这些都像是毛毛雨，看上去很小，但如果不引起注意，不引起警觉，就会在有意无意间打湿别人的'衣服'，伤害到别人，同时也会因此打湿自己的人生，使自己的人生蒙受灾难和损失。"

人生的一切变化，一切魅力，一切美都是由光明和阴影构成的。

——列夫·托尔斯泰

怎样得到痛苦

[美] 查理·芒格

校长挑选我来作毕业典礼演讲，是因为我是校理事会中年纪最大、工作时间最长的一个人。说到这儿，我回忆起在哈佛高中听过的20篇毕业典礼的演讲，让我意犹未尽的演讲只有一篇，那就是迷人的幽默大师强尼·卡森的作品《怎样得到痛苦》。

我决定重复卡森演讲过了的主题，并补充我自己的观点作为形式上的延伸。

要点 1

首先，别做可靠的人。别忠心不渝地做着你热爱的事情。如果养成这种习惯，你所有的优点，不管有多突出，都会一笔勾销，而且还会更糟糕。如果你不想获得别人的信任，并期望被人类高尚的美德和优秀的群体排除在外，我的这个要点就是送给你的。一旦养成这种习惯，你将成为寓言《龟兔赛跑》中的兔子，只是这只兔子不仅跑不过一只优良的乌龟，也跑不过那些普通的乌龟，甚至是那些瘸(qué)腿的乌龟。

大学时我有个室友说话磕(kē)磕巴巴，但他可能是我碰到的最讲信用的人。现在，他过着令人羡慕的生活，妻子贤惠，儿女可爱，作为一家大型企业的老总，身价达几十亿。如果不愿复制这种传统和主流的版本，却始终如一地待人真诚，恐怕靠其他的缺点是很难让你达到痛苦的目标了。

要点2

我给你们的第二条建议就是，只从自己的亲身经历来学习，对于别人幸运或悲惨的经历，不管是活人还是死人，能不借鉴就尽量不借鉴，能不学习就尽量不学习。这条建议对于那些想得到痛苦或者失败的人来说，的确是金玉良言。

不从别人的错误中学习，其后果随处可见。人类创造灾难的创意乏善可陈——喝酒容易致死，赌博容易致昏，鲁莽行事容易致残，这些愚蠢的做法不胜枚举。

如果你们希望通过粗心大意和缺乏新意的错误来自找麻烦的话，我有一句现代格言送给你们："如果一开始不成功，之后就

智慧箴言

　　失败有时更容易让人成功，人生低谷有时更容易使人迈向巅峰。一种内心自发的挫败感将会使人更加成熟、更加积极向上，这是一种高级境界，也是一种高级智慧。感谢那些曾经让我们失败的事情，没有失败就没有成功。

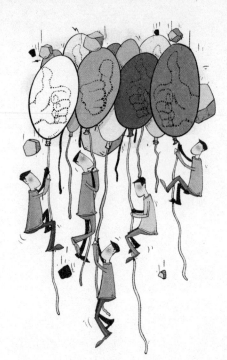

会像滑滑梯一样加速下坠。"拒绝"借鉴别人的智慧",也可能通过拒绝学习前人的优秀作品来实现,即变得越"无知"越好。

要点 3

给你们推荐的第三个要点是在生命的激流中,遭受到第一个、第二个或第三个重大挫折时就沉沦下去、永不振作。生命中有诸多不幸,即使那些智者或者是幸运儿也难以幸免,遵循这一点才能确保你永陷泥潭。如果你想一世糊涂和终身痛苦,我的最后一剂良方就是忽略下面这个故事。这是我年轻时听到的关于一个农夫的故事,他说:"我想知道我将死在哪里,这样我就从不去那里。"大多数人都嘲笑农夫的无知(就像你们一样),忽略了他的基本智慧。根据我的经验,如果你想千方百计地追求痛苦,那就必须摒(bǐng)弃农夫的智慧。

作为一名"资深"的传记迷,我觉得若把达尔文放在 1986 年的哈佛高中毕业班的学生中,他的排名至多算中游,但他能在科学领域流芳百世。如果你想浪费自己的天分,他的经验你大可不必当真。达尔文的成就很大程度是归功于他的工作方法。他强调逆向思考,对那些能推翻成立已久的或来之不易的结论,都给予强烈的关注。达尔文的一生向我们展示了,如果拥有客观的品质,一只乌龟将能超越兔子。

　　为了凸(tū)显前后一致,反面说教的演讲还需要用反面的祝辞结束。有些人形容一条船是"一步一挪"地走向多佛(英国东南部港口),受他们启发,我祝愿毕业班的同学们:每天瞄准低点,马到成功!

　　查理·芒格,美国投资家,毕业于哈佛大学法学院。此文为查理·芒格在洛杉矶发表的他"唯一"的一次毕业演讲,当时适逢他的儿子菲利普·芒格从哈佛高中毕业。

知识频道

　　在挪威境内,至今仍保存着许多古老的木教堂,这些木教堂大多建于1200年~1350年。木教堂不但见证了挪威历史上改朝换代的时刻,同时也象征着基督教在挪威萌芽时期及多神教结束的时代。

无论在哪儿,人生都是一样,要忍受的多,享受的少。

——约翰逊

出境游培训

[俄] 米哈伊尔·扎多尔诺夫 李冬梅 编译

游客们,大家好!你们马上就要动身去国外旅游了。旅行过程中请大家注意举止文明,别给国人丢脸。

首先,请大家一踏上火车就要注意自己的行为。不要像在国内坐火车时那样,在走廊(láng)里吵吵嚷嚷,在包厢里吸烟,往窗外扔空瓶子和废纸,看见废纸吹进后面车厢的窗户还在那儿窃笑。

现在说说旅馆。先提醒大家,你们旅游期间将要入住的旅馆都是最现代化的旅馆。请大家进去后不要大惊小怪地东游西逛,要摆出一副不屑一顾的表情,就好像里面的一切在咱们国家都已经司空见惯。

根据我们以往的经验,咱们的游客在国外的旅馆进入自己的房间后,一时弄不明白房间里的设备都是干什么

智慧箴言

　　道德素养是人们最基本的社会意识形态之一。每个人都应该不断提升自己的道德素养,使自己具有高尚的品德和公德。

用的，怎么使用，墙上的各种按钮是控制什么的，所以大家进入自己的房间后，马上要向旅馆服务员问清楚。以前有一个游客要洗澡，他脱了衣服进到洗澡间后就开始逐个按墙上的按钮，结果连消防按钮也一起按了，安装在天花板上的灭火器立刻喷了他一身泡沫，这个

游客当时还很高兴，马上拿起洗澡巾就洗上了。后来他逢人便说，那家旅馆的服务真好，洗澡间的水和浴液一起往外喷！

　　用餐时大家也要注意。在国外，进餐时应用刀和叉。一定要记住是用刀和叉！不是用手！还有，葡萄酒是上第二道菜时喝的，不是让您带回家的。

　　再有一点大家也千万别忘了，你们这次异国之旅的目的是要参观那些世界艺术杰作，所以请大家事先了解一下你们所要去的国家的艺术，哪怕是一点点，免得到时候问一些让人见笑的问题。有一次我们的游客在参观卢浮宫里的维纳斯雕像时就问过导游："那个断臂姑娘是谁？"

　　我很清楚，咱们的游客在国外的主要休闲方式还是逛商店。我想说的是，外国的商店里没有那么多人排队，所以大家进去时不用着急，千万不要拥拥挤挤、推推搡（sǎng）搡。

　　最后，祝大家旅途愉快，早日回到祖国！

人生是一匹马，轻快而健壮的马。人，要像骑手那样大胆而细心地驾驭它。

——海塞

中国香

程乃珊

中国香不张扬、不呛鼻、不浪漫，素雅内敛，像煞(shà)我们的传统审美，恬淡而深邃，袅(niǎo)然缥缈之际，承载得起一部沉甸甸的五千年中华历史！中国香，是以柔克刚的最好典范。腊梅香、水仙花香、茶香、线香……就是最经典的中国香！

众所周知，上海话中的"味道"，其实不光指味蕾的生理感觉，同时也是嗅觉的，更是心理的，是对氛围境况诸多方面总和的一种感觉。我们常说的"年味"，就是由中国红、中国甜和中国香三个主要元素合成，而中国香是其中的灵魂。

天竺腊梅，当为中国的年花。我们通常会在涌着暗香的腊梅中配一串天竺，取其"天作之合"的谐音。那沉甸甸的艳红的一串，颗粒结

智慧箴言

中国香看似不张扬、不浪漫，但在素雅内敛之中蕴含了一种中国式的智慧。这种智慧让生活在喧嚣尘世之中的人们得到了一种精神上的放松，使人们悟出了一种中庸的处事之道，使人们更加平和、更加安宁、更加洒脱。

实饱满,既有丰收的意蕴,又恰如其分地点出了过节的喜气,却一点儿也不影响梅花特有的清雅。犹如光谱可折成赤橙黄绿青蓝紫,梅花香,就是清、幽、古、沁、透、芳、静的总和。

　　水仙花也是大年的年花。早在年前就要置好水仙头,如若正逢过年时绽放,那是十分吉利的。水仙花与腊梅一样,十分中国,所以其盛器必要十分道地的中国瓷,再配上红木座,方才显出味道。与腊梅的孤傲清高相比,水仙花香更显清新活泼。或许因为太过素雅,所以每一棵水仙上也都给扎上一圈红纸。虽然腊梅与水仙风马牛不相及,根本不属同宗共谱,但我仍觉得她们就是一对姐妹花;腊梅是成熟的姐姐,水仙是天真烂漫的妹妹。

　　过年的元宝茶,就是一盅清茶配两枚檀(tán)香橄榄,一枚放在杯盖顶上,一枚放在杯碟边——翠绿的一对,在吃得过分甜腻的节中,十分养眼。轻啖一口檀香橄榄,一注甘香,似淡实深,直透心脾,经久不散……英文中大约很难找得到一个适当的词来表现中文的"甘香"。小小的一枚檀香橄榄,可以品出百味人生:峰回路转,柳暗花明,先苦后甜,渐入佳境。

　　传统大年,拜祭(jì)是一个十分重要的程序,可惜长年来一直被视为迷信。中国传统讲究宗族,如庭训、门风、家规、家传、家教、家学、家史……我们常说的文化传承,不是靠打造,而是细水长流汇合而成的,宗族和家庭就是最基本的链接。

线香在拜祭活动中承担十分重要的角色。古老的说法有:点上了线香,祖宗的魂魄就会回来,因而线香总是给人一种肃穆、神秘之感。线香究竟源自中国还是印度或波斯,才疏学浅的我不得而知,但我是固执地将线香归为中国香:香得婉约祥和,自然令人联想到"儒雅"两字;缥缈缠绕之中,自会生出一股庞大的能量。再骄奢专横之辈,面对那袅袅娜娜的一缕,不禁也会对天地生出敬畏、谦卑之心。

20 世纪 60 年代初之前,一些老派人家(主要为三代同堂或四代同堂的)仍保持有过年祭祖的习俗。犹记得,幼时长辈们手把手教我们向老祖宗上香,不许有任何嬉皮笑脸等不恭之态,心里要想着有如"好好学习,天天向上"之类的励志之语。那时总觉得连大学毕业的长辈们都那样"迷信",故意表示出一种不屑。父亲曾叹着气对我说:"学着点儿总是好的!只怕将来想问都问不到!"

在喧嚣(xiāo)亢奋的年节中,中国特有的静谧(mì)的香味,犹如太极图里全白中那一点黑和全黑中那一点白,不露声色地发出某种警示!凡事有所节敛,见素抱朴。当我们在现代化潮流的激情俯冲中心生迷茫甚至六神无主时,只要闻到缕缕恬淡的中国香,就会在喧嚣尘世中得到领悟和安慰,明白事荣物枯,原自有序,境随心移,就会安宁平和。

知识频道

无忧宫为 18 世纪德意志的王宫和园林。因其建在一个沙丘上,故又称"沙丘上的宫殿"。宫内多用壁画和明镜装饰,辉煌璀璨,光彩夺目。花坛内塑有神像,造型精美,形象生动。

人的一切都应该是美丽的：面貌、衣裳、心灵、思想。
——契诃夫

听听青花瓷的声音

李丹崖

初秋，我随一个朋友去肯尼亚旅游，有幸看到当地一个民间组织举行的医生入行仪式。

举行仪式时是在白天，天气极热。60个准医生围在一堆干柴周围，一位长者带领大家，先是口中念念有词，仰头看天长啸一声，继而开始用脚猛烈地踩向大地。然后，长者点着人群中间的干柴，熊熊的烈火燃烧起来，围在火堆旁边的准医生们一动不动，豆大的汗珠瞬(shùn)间拱出他们的额头，慢慢

地,他们的衣衫被汗水浸透。半个小时后,火势逐渐减弱,开始有柴灰出现,准医生们每人抓一把灰抹在自己的脸上。紧接着,他们在长者的带领下,进入一座木头房子。

房子的大厅里,赫然放着一件青花瓷,一看就是产自中国的上等瓷器。准医生们排着队,挨个把耳朵附在青花瓷上,然后用手指叩(kòu)响,一个接着一个地听。听完以后,他们就从后门出去,到屋后的水池里洗个澡,然后换上干净的衣服,这样,他们就是地地道道的医生了。

我感到十分好奇,医生入行用得着举行这么复杂的仪式吗?一位当地的导游郑重地告诉我,当然很有必要。然后,导游开始向我解释刚才的仪式。

准医生们围着一堆干柴,代表着医生的心里要时刻装着火种一样的热情;准医生们仰天长啸和低头跺脚,意思是说做医生的要仰不愧于天、俯不怍(zuò)于地;准医生们浑身被汗水浸透,然后以灰抹脸,意思是说做医生的不能怕苦怕累;那座木屋则代表了医生这个职业,从木屋出来以后就表明他们已经成为一个合格的医生了;而最后要进入水池洗个澡,代表着他们首先自己要讲究卫生。

然后,导游着重讲了准医生们要挨个去听青花瓷声音的原因,这个寓意就大了。这里的人认为,世界上有两样东西最美好,也最易破碎,一个是来自中国的青花瓷,一个是良知。青花瓷在中国是最优良的瓷器之一,也就是良瓷,良瓷在汉语中的发音和"良知"相近,听一听

智慧箴言

良知,是人心底的一抹纯洁,是在遭遇诱惑时的一份坚持,是在面对困难时的一种力量。所以,无论将来你从事何种职业,都要时时倾听"良瓷"的声音。因为,那是让心灵更加纯净、更加宽广的力量。

自己敲出来的青花瓷的声音，意思是入行以后，要时刻不忘记听听自己的良知是否还在。

导游的话瞬间打动了我。真没想到，自己祖国的青花瓷在国外竟被赋予了这样一种美好的含义，更令我感动的是，这种医生入行仪式的寓意竟然这样深刻。其实，这样的仪式何止仅适用于医生这一职业，放大到社会上的各个职业，都同样适用，同样可以汲(jí)取。

听听青花瓷的声音，这不光是"良知"的声音，更有光辉人格的动听回音。

帝王谷位于尼罗河西岸，距岸边7千米，这里埋葬着古埃及第十七王朝到第二十王朝的62位法老。在埃及，除了蜚声世界的金字塔外，最令人向往的地方就是帝王谷。

路是脚踏出来的,历史是人写出来的。人的每一步行动都在书写自己的历史。

——吉鸿昌

危机处理

孙道荣

星期天,杭州,一个名叫山水人家的小区。宁静的小区道路两旁,停满了私家车。谁也没有想到,平时停得好好的小车,瞬间惨遭毒手,被利器划得伤痕累累。

停在路边的几十辆小车,无一幸免。据粗略估计,仅这些划伤的修理费,就需要四五万元。有人报警,愤怒的车主们发誓要揪出恶意划车的人。

小区的监控录像被调了出来,从画面上可以看出,是一大一小两个孩子干的,大一点儿的像个小学生,脚下踩着滑板车,小的估计才上幼儿园。他们一路走,一路划。这是谁家的孩子?胆子也忒大了!太没教养了!但画面看

"人非圣贤,孰能无过?"在日常生活中,每个人都难免会犯大大小小的错误,每个人也都应该为自己的错误负责。文中的母亲通过"划车事件",不但让儿子承认了错误,还教会了他要勇于承担责任和如何承担责任。这在孩子的成长过程中有着举足轻重的意义。

不太清，没人能认出这两个孩子。

警方开始调查。第二天的报纸和网站，纷纷报道了这件事。

当天下午，一位妇女给派出所打电话说，划伤汽车的是她的孩子。她是第二天才从网上看到小区车子被划伤的帖子的，帖子中描述的两个孩子，大的很像她的孩子，而小的是她同学的孩子。当

时，两个孩子正在楼下玩。时间、地点、两个孩子的特征，都吻合。她赶紧跑到小区物业处，调看了监控录像，果然是她的孩子。

她意识到问题的严重性。冷静下来后，她是这样处理的——

给派出所打电话，毫不犹豫地告诉民警，车是自己的孩子划的，他们将承担全部责任。

晚上，儿子放学回家。问他，是不是你干的？儿子低头不说话。她对儿子说，你是男子汉，是你做的，就要勇于承担。

儿子承认是他干的。又问他，如果你的折叠车被人划伤了，你心不心疼？儿子说，心疼。她说，你的折叠车几百元就可以买到，而人家的车，一二十万，有的甚至上百万，你说会不会心疼？儿子向她连鞠(jū)了几个躬，说，妈妈，我错了！

她打印了一份致歉信，向所有被划伤的车主表达歉意，并表示承担全部责任和修理费用。致歉信复印了几十份，张贴在小区所有的出入口和楼梯口。

她还联系了一家信誉很好的汽车修理厂，负责修理所有被划伤的汽车。

第二天、第三天，连续两个晚上，等儿子做完作业，她就领着孩子，挨家挨户登门道歉。她要求，门铃都由儿子自己来摁(èn)。这是让儿子面对错误的第一步。

儿子在课余时间折叠了很多只纸船，上面都醒目地写着"对不起"三个大字，他要将这些船作为礼物，送给车主们。每到一家，孩子一进门就说："对不起，我不知道划车的后果这么严重，请你们原谅我。"所有的车主都表示，可以原谅孩子。

她对儿子说，叔叔阿姨都很宽容，原谅了你，但是，你要记住，千万不要把别人的宽容当成自己犯错的借口，你要敢于承担，知道什么叫责任，学会感恩。

一场危机，就被这位母亲成功地化解了。作为犯错孩子的母亲，自始至终，她都没有推卸责任，没有逃避，也没有大发雷霆(tíng)。事情圆满解决，车主都很满意。更重要的是，孩子认识了错误，学会了担当，获得了原谅。我想，他这辈子都不会忘记这次教训，但也不会在心灵上留下难以弥补的阴影。

一位当事的车主说，孩子的妈妈这么做，我很佩服。说句实话，遇到这样的事情，不是每个家长都能处理得这么及时，这么果断，这么勇于承担的。

这位母亲，非常了不起。

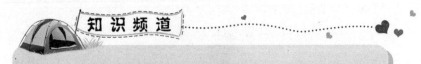

知识频道

爪是动物进化到陆生脊椎动物时才由皮肤的表皮角质层演变而来的，爪的出现是动物进化史上的一大革命性进步。

哈佛告诉你

么知道人家早下班了

刘墉

有一阵子我在台北的办公室非常忙,经常加班到晚上七八点钟。有一天晚上将近八点了,我发现有一家新成立的公司,似乎可以合作,就叫助理拨电话过去。我助理一笑,说:"刘老师,你知道现在几点了吗?人家早下班了。"

我问她:"你怎么知道人家早下班了?"

助理说:"当然,现在都八点了,只有我们还在加班。"

我又问她:"既然我们能加班,为什么别人不能加班?"

然后,坚持叫她拨电话。电话居然通了,我喜出望外,先幽默地说:"真不简单,你们还上班哪!"对方也很幽默地说:"是啊!你如果不认为我还上班,怎么会打电话过来呢?你也在加班吗?"

智慧箴言

很多人都只在意成功,却很少有人愿意尝试失败。但是"失败乃成功之母",不经历风雨怎么见彩虹,不经历折翼之痛怎么展翅高飞,不经历刺骨严寒怎能满园春色。更何况尝试之后的结果有可能就是成功。

结果我们发现双方都是很拼命、很讲求效率的。接着谈合作，居然两三下就谈成了。

再说个故事：有天我一个人在办公室写稿子，突然电话响，是个学生打来的，想邀请我到他学校演讲。因为被打断了文思，我有些不高兴，问他："你知道现在几点钟了吗？"

学生说："因为白天打电话您的秘书都说您不在，我就试试晚上，说不定走运，您会在。果然找到您了。"

结果，我因为那阵子忙，本来已经不接演讲了，这位学生锲（qiè）而不舍的精神感动了我，我居然答应了。

我提这两个故事，是要说：世界上能够异军突起、有了不得成就的，往往是那些"明知不可为而为之"的人。所以，西方有句谚语："最大的冒险，是不敢冒险。"许多人失败，不败在他没能力、没经验，常败在他不敢尝试。好比我那位助理，在我要尝试之前，先很武断地说："人家早下班了！"

相信大家都读过《论语》里孔子的"毋意、毋必、毋固、毋我"。意思是不要臆（yì）测、不要武断、不要固执、不要什么事都以自我为中心。当你该打电话的时候，你不打，还找借口，说人家一定下班了，就是臆测和武断。当你发现自己先前的看法错了，还坚持不改变，就是自以为是的固执。

再举个真实的例子：有一天我跟一对夫妻去吃日本料理。丈夫说他要喝咖啡,还没问服务生,太太已经笑了:"日本料理只有茶,不会有咖啡的。"丈夫反问太太:"不问怎么知道?说不定就有。"接着,把服务员叫来问,果然,有咖啡,而且很快就端上来了。那太太挺尴尬(gān gà),问服务员:"奇怪了!我记得不久前到你们这儿来吃饭,我要喝咖啡,你们说只有茶,为什么今天有了呢?"那服务员说:"就因为上次您问咖啡,我们没有,想到可能有些客人需要,所以立刻进了一套煮咖啡的机器。"

这件事给了我很大的启发。那丈夫是"明知八成没有,还要问",太太是"想必没有,认为不必问",餐厅是"既然客人有需要,就不能固执地坚持日本料理不卖咖啡"。那不正是"毋意、毋必、毋固、毋我"的最好例子吗?

还有一个真实的故事——有个公司以重金招聘(pìn)两位创意人才。最后遴(lín)选出了四个人,每人都很优秀,难以取舍。老板决定再跟这四个人吃饭,聊聊天,感受一下哪两个比较适合。四个人都点了牛排。没多久,牛排端上来,其中两个人先撒了一些盐,才开始吃。另两位则先吃了一口,才拿起盐罐撒了些盐。

各位猜,老板最后

选了哪两个？是没吃就撒盐的，还是尝一口，才撒盐的？

答案是：后者。

正如老板后来说的："如果你没吃，怎么能武断地认为一定不够咸？就算你10回有8回吃到的牛排都要加盐，你也应该先试一下。我要的是有创意的人，是能在没有机会中找机会、在绝望中找希望的人，而不是自以为是、独断独行的人。"

同理，让我们再回到开头的主题，如果今天你老板叫你在下班后给人打电话，你能武断地说"不"吗？

"明知不可为而为之"是成功者的重要特质啊！

知识频道

真正的爪起源于爬行动物，这是与其爬行生活相适应的。现代爬行动物中的变色龙，生活在茂密的丛林中，它之所以能在树干上爬行，除了尾巴的帮助外，指端的锐爪起着不可缺少的重要作用。

内容充实的生命，就是久长的生命。我们要以行动，而不是以时间来衡量生命。

——塞涅卡

哈佛告诉你

陈祖芬

泰坦尼克号下沉时，游客们逃到甲板上拥向小船，偏有一个叫威德纳的青年奋力返回船舱，仅仅为了抢救一本培根的散文集，最终威德纳(nà)、散文集和泰坦尼克号一起下沉了。这个爱书胜过生命的青年人是哈佛的学生。

威德纳的母亲就是泰坦尼克号中那位幸存的太太。她以儿子的名义为哈佛捐助了一个图书馆，这座威德纳图书馆是哈佛最大的社会科学和人文科学研究图书馆。图书馆正门两侧各有一块石碑，分别刻着这样的碑文："威德纳是哈佛大学毕业生，在泰坦尼克号沉没时去世。他生于 1885 年 6 月 3 日，死于 1912年 4 月 12 日。""这座图书馆是威德纳的母亲捐赠的，这是爱的纪念。1915年 6 月 24 日。"

智慧箴言

　　哈佛为什么能成为有梦想人的向往？因为它除了是最高智慧和最高学府的象征外，它能给予梦想者的不仅是一个头衔，更是一份无价的收获。在哈佛，人们可以锻炼自己的意志、丰富自己的才情、实现自己的价值、超越自己的梦想……

哈佛毕业生有个传统：捐助哈佛。哈佛的资金 1/3 来自捐助，一代一代的哈佛人，进入社会上层又把财富反馈给母校。每年的捐款，是哈佛收入的重要部分。

给予往往是相互的。是先有哈佛的给予还是先有给予哈佛，这个问题如鸡生蛋还是蛋生鸡那样说不清。只有让哈佛告诉你。

哈佛没有高楼大厦，只有新英格兰的红砖墙。哈佛最起眼的是 100 座图书馆，尤其是一个个像图书馆那样的人，或者说，一个人就是一座图书馆。哈佛或哈佛人是不需要任何包装的。

哈佛产的诺贝尔奖得主有 33 位。

哈佛产的美国总统有 7 位。

有人称史华慈是一位类似东方大儒的哈佛人，在他做过癌(ái)症手术 82 岁高龄的时候，依然天天早上按时去办公室工作。而他办公室里挂大衣的两个衣架，竟是用铁丝胡乱缠绕而成的。

哈佛的博士生，可能每三天要啃下一本大书，每本几百页，还要交上阅读报告。哈佛过桥便是波士顿，前人类学系主任张光直在哈佛读博士那几年，没有上过桥，更没有去过波士顿。

哈佛学生或是哈佛教授，首先不是一份荣誉，而是一种证明。

人到底可以有怎样的意志力，人到底可能有怎样的潜力？

哈佛告诉你。

哈佛是一种象征，最高智慧与最高学府的象征。

人的意志、才情、理想，为什么在哈佛能兑(duì)现？

哈佛告诉你。

哈佛的餐厅里，每个学生端着比萨、可乐坐下后，往往顺手把大衣扔在地上，然后边吃边看书或做笔记。我就没见过哪个学生光吃不读的，更没见过哪个学生边吃边闲聊的。在这里，餐厅不过是一个可以吃东西的图书馆，是哈佛100个正宗图书馆之外的另类图书馆。

哈佛的医院同样宁静，不管多少人候诊也无一人说话，无一人不在阅读或记录。医院也是图书馆的延伸。

于是——

哈佛产的诺贝尔奖得主有33位。

哈佛产的美国总统有7位。

在哈佛校园里，不见华服，不见化妆，更不见晃里晃荡，只有匆匆的脚步，坚实地写下人生的篇章。

哈佛不是一个神话，哈佛只是一个证明，人的意志、精神、怀抱、理想的证明。

在美国，行人是有序地听从红绿灯指挥的，除了哈佛校园。哈佛人不相信红绿灯,只相信自己是重要的,自己的每一分钟都是重要的,见缝插针地快步过马路,旁若无人,旁若无车。

哈佛的学费不是一般家庭负担得起的。在哈佛校园里,有相当一部分学生,他们为每一节课交上美金,但是不拿学位。不过你看不出哪些学生是可以得到学位的,哪些是不拿学位的,因为所有人都急匆匆地赶路,都一边吃比萨一边啃大书。

哈佛校园里也有不少中国人。有一次几个中国人边走边议论前面几个美国"老外",那美国人笑了,用地道的中文说,在这儿你们才是老外呢!

我最常去的是哈佛广场的书店,喜欢那里的书卷气,佩服哈佛的生意眼。玩具熊穿上写着 Harvard University 的红背心,T恤打上哈佛法学院等标记,各种帽子、书包、笔、本子、杯子、文件夹、工艺品都是哈佛、哈佛。打上了哈佛字样,就都一副高深莫测的模样。

一只并不很大的绒毛熊,连税卖到大约 19 美元。为什么?因为是只有学问、有身份、有身价的熊,哈佛熊。一只普通的茶杯,连税卖到大约 16 美元。为什么?因为这是只有品位有内涵有深度的杯,哈佛杯。

知识频道

最厉害的爪子是虎、狮等猛兽的爪,这些大型猫科动物的爪尖锐而弯曲,能缩入鞘内,从而始终保持尖锐锋利,成为猛兽捕捉食物和防御敌害的有力武器。

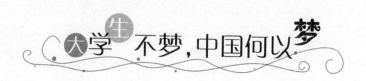
活着而又没有目标是可怕的。

——契诃夫

大学生不梦，中国何以梦

张 杰

亲爱的 2010 届毕业生们：

现在是公元 2010 年 6 月 26 日下午两点，在这个隆重而庄严的时刻，作为上海交通大学第三十九任校长，我荣幸地为你们刚刚完成的伟大旅程作见证，为你们未来鹰(yīng)击长空的追梦之路饯(jiàn)行。

古道长亭，终有一别。临行前，作为你们的师长，我想送给大家三句话。

1.思源致远，重塑社会的道德观。

大学的四年，对一生来说也许只是弹指一挥间，但是不要忘记你们的父母，你们的老师，支持你们的朋友和国家纳税人，他们为培养你们付出的心血,远远超出你们的想象。所以,在遇到困难的时候,要自强,不要怨恨;在取得成就的时候,要感恩,不要自大。在任何合作中,都不要把全部的荣誉(yù)和利益留给自己。

你们作为交大为未来培养的创新型领袖人才,承担着重塑社会道德观的重任。任何一个国家的大学都是这个国家的思想、精神和道德的制高点,都是这个社会的良心、公平和正义的最后堡垒。大学毕业生的精神和道德修养,决定着国家社会未来的面貌,不仅如此,中国是一个占有世界五分之一人口的大国,大学生的修养和思想,甚至决定着世界的走向。古人云,勿以善小而不为,勿以恶小而为之。善虽小,其心不小;恶虽小,其心已恶。

2.不畏困厄,永远坚守出发时的理想。

纵观世界,一流的强国,必有一流的大学,一流的大学,必定造就卓越的学生。而理想是成就卓越的必要条件。梦想有多远,你就能走多远。理想的树立,是一生的追求和精神的原动力。它不是短视的急功近利。理想,就像天上的北斗星,就像心里的指南针。它让你远离人云亦云的平庸,激励你为了伟大的目标不懈地奋斗。人生如果没有理想,就如同河中的小草随波逐流。要知道,走得最慢的人,只要他不丧失理想,就比漫无目的的人走得要远。

都说机遇只垂青那些有准备的人,如果你有理想,你就永远是那个准备得最好的

智慧箴言

"大学生不梦,中国何以梦?"大学生是未来的希望,是未来传奇的谱写者。但更为重要的是,无论是谁都应该怀揣梦想,因为梦想是支撑你不断前行的动力,梦想是在黑暗中指引方向的灯塔,梦想可以让你的"小宇宙"不断积蓄能量……

人。没有人愿意生活在贫穷困厄(è)中，可是，人生的路没有坦途，永远的一帆风顺即便在童话里也不存在。理想就像黑夜里海上的灯塔，它让你在挫折和失败中永远怀抱着希望，而有了希望才会坚持，只有坚持，不抛弃，不放弃，才会有最后的成功。

3.敢为人先，永远张开想象和创造的翅膀。

能进入交大，已经说明你们是同龄人中的佼佼者，我相信你们不会甘于因循守旧的平庸。你们都很喜欢张扬个性，而张扬个性的最好方式，就是敢为人先，永远张开想象和创造的翅膀。想象力是人类独有的预见力，是一切发明创造之母。兴趣爱好固然重要，但创造和创新，已经超越简单意义的兴趣爱好，成为国家和民族对你们殷(yīn)切的期待。无论在哪个国家，个人的成功只有在与国家的前途和命运紧密结合的时候，才更有意义。我们物理学界有一些非常优秀的前辈，像邓稼先和他那些在戈壁深处的同事们，他们在一穷二白的基础上，创造了中国核武器的传奇。对于他们，我一直是仰视的。当白发苍苍，回首往事时，只有那些受你影响、被你真正改变过的人和事，才会让你产生发自内心的自豪。

交大的新校友，你的灿烂青春曾是母校华美乐章的一个动人音符，而从今天起，你们将谱写属于你们自己和我们这个国家的传奇。母校会一直注视着你们，关心着你们，支持着你们，并为你们的丰功伟业而骄傲。

试问交大人不梦，交大以何梦？交大不梦，中国以何梦？我衷心地希望，在你们走出这个校门之后，依然踌躇(chóu chú)满志，依然胸怀梦想！我衷心地希望，在你们走出这个校门之后，有更多让母校骄傲的故事将被传唱，有更多让母校荣耀的时刻将被点亮。衷心地祝福，2010 届交大毕业生前程似锦，事业有成，梦想成真，创造辉煌！

知识频道

　　动物的体温可分为恒温和变温两种。恒温动物如鸟类、哺乳类，它们维持一定体温，常在 30℃~40℃之间，从而不让自己被热浪"烤"焦或被严寒冻僵。

苦难是人生的老师。

——巴尔扎克

生命的 底片

——写给 15 岁的儿子

聂雄前

大概是八九岁的时候，你还会雀跃地让我带你回老家看奶奶。这两年，你再也不屁颠屁颠地跟着我回乡了。我的故乡于你，只是和深圳不同的场景和生活。在那里，你能够自由奔跑，忘情玩耍。譬如，骑牛骑猪，用炮仗吓鸡吓狗，用蚯蚓钓鱼钓虾。而现在你长大了，这一切都成了小儿科。

但故乡之于我，却是生命的底片。

故乡的云雀

也是在八九岁的时候，我已经是村里小有名气的放牛娃。我为队上放养着全公社最大的

一头水牛,在每一天的清晨和黄昏。风和日丽的春日,我听过阳光和水牛一起吞噬青草的声音,欢快而悠远;昏黄萧瑟(sè)的秋天,我听过秋风收割土地的声音,冷酷又短促。

大多时候,我放牛的日子是平淡的,我牵着它来到一面山坡上,把牵牛绳往它背上一搭,它就乖乖地逐草而去。我身手敏捷地打完猪草,就有了大把大把发呆的时间。

有温煦(xù)的春风吹过,有湿冷的寒风吹过。最受不了的,是很多个无所事事的下午,那只鸟儿的叫声在不远处不期然地响起。开始,一定是"上天去,上天去"一路的高歌,我睁大眼睛看着这只鸟直插云霄。然后,就听到"上不去了,上不去了"滚滚的哀号,这只鸟像石头一样摔下来。一年四季,这种鸟儿在山间田野开始它们飞天的努力;一年四季,这种鸟儿把"上不去了,上不去了"的绝望留在我的心里。

加缪把西西弗斯的命运,看做是人类普遍的宿命的悲剧。我八九岁时,从这只鸟儿身上就明白了。可是,儿子,你是否明白,西西弗斯不推石头,他会怎样活?这只鸟儿不向天上死命地飞,它就不叫麻雀。你初一的语文课本里,有诗人王家新的一首诗《在山的那边》。山那边是什么?天那边是什么?西西弗斯想过,那只鸟儿想过,王家新想过,我想过,你一定也想过。

故乡的奶奶

故乡的奶奶已经在地下。那个七十多岁了还一定要到深圳来带你的奶奶,那

智慧箴言

在温情的记忆库中,点击"故乡",会出现无数条搜索结果:童年、亲人、云雀、老黄牛……一切都带着温暖的味道,就像刚被阳光洗过的被子,满屋生香。所以,无论未来你在哪里,请记得有一个温暖的地方叫故乡。

个你一回老家就把好吃好玩的东西堆满你床头的奶奶，已经在地下。我不知道，这两年你不再愿意和我一起回乡，是不是因为奶奶没了？

奶奶的牙真是一口好牙，80岁了都没有一颗脱落松动。她41岁怀着我的那一年，秋收的稻谷入库，正碰上公社书记来队上检查，公社书记讲：大嫂，都说你的牙好，你把这箩谷用牙叼住从楼梯上到楼上，这箩谷就归你啦。你奶奶，肚子里装着8个月大的我，二话不说，就把那箩谷用牙叼着从笔直的楼梯拖到了楼上。一箩谷至少60斤，一部木梯有9级，怀着你爸的奶奶"大气都不喘地占了这个便宜"（奶奶的原话）。有这样一口好牙的奶奶，在她去世的前一天，却毅然决然地在我面前咬松了她所有的牙。

奶奶从手术台下来的12天里，从没在我面前喊过一声疼。当她实在要忍不住的时候，当她确信她的生命再无生望的时候，她就把牙咬碎。你能理解她对我的爱吗？

你奶奶去世6年了，6年间，我每年都回去一两次。每一次，我都要坐在她的坟头跟她讲一会儿话。告诉你，我经常想起你奶奶，想起她的不容易，想起她对我的爱。在高速公路飞驰时，想起她我就减速；在碰到难题时，想起她我就咬牙；在偶尔通宵达旦疯玩时，想起她我就回家。

爱，是一种约束。

从故乡到深圳

湖南省双峰县走马镇秧冲村，是你祖辈的家乡，是你父亲的故乡。在家族的长河里，只有到你这一代，这个故乡才逐渐模糊。

然而，你是被故乡话熏(xūn)陶大的孩子。这在1 300万人的深圳，可能是特例。15年里，你几乎天天听我用故乡话讲道理讲见闻，你却一句也不会讲。你是否知道，在我的故乡话里永远饱含着故乡赋予我的思维。

你15岁了，还是没心没肺地活，看不出你有理想、有热爱，连早晨起床上学也没有一次不靠我们叫醒、拖起。我就想，这狗东西怎么这样不懂事，这样没有责任心，老子读书从来没人叫，老子高中两年每天要走8里路上学，从没迟到过……你自得其乐、人模狗样地在王品牛排、名典咖啡吃西餐，我坐在对面，坚决只吃回锅肉饭。我心想，臭小子，你坐在这里是你爸妈奋斗了差不多二十年才有的机会，你不奋斗，将来有的吃吗？

故乡会在每一个人的生命中显影。故乡是我的生命底片，故乡的苦难迫使我走向远方，在深圳我生下你，我依然只能用故乡话和故乡告诉我的道理教育你，我的故乡会在你的生命中显影吗？

你的深圳你的家

　　我不会把我的故乡强加在你的头上，我也不会愚蠢到用"忆苦思甜"的可笑方法激励你、改变你。每个人有每个人的问题，每代人有每代人的幸福和苦恼，没什么高低之分。

　　儿子，我想说的是，千百年的家族史到你这一代就改变了，你再也没有故乡了。深圳，是你父母的家，是你的故城。从你开始，你在哪里你儿子的故城就在哪里；你儿子在哪里，你孙子的故城就在哪里。想一想你们的生活，并不比我们容易。

　　儿子，深圳华侨城是你的家。在这里，你已经度过 10 年的时光。你会永远记得，灿烂的春日里，OCT 生态广场火红的凤凰花、桃花、筋杜鹃；你会永远记得，每天晚上从窗外响起来的民俗村和世界之窗的激情歌声；你会永远记得，父母对你的爱和期望。但是，你一定要记住，即使在华侨城，也有无数的乞丐在度日如年，也有无数的民工在挥汗如雨。不要歧(qí)视他们，你父亲本来就应该是他们中的一员，只不过他的运气好一点而已。

　　"暮色苍老/暮色很久以前就老了/一根七岁的牛绚/牵着古老的群山在蹒跚(pán shān)/牧歌没有家/牧歌在永远的归

小学生智慧训练营

途"——这是一位朋友写给你爸的诗。儿子，记得带着你的儿子回一次我的故乡。故乡的地下有你的爷爷奶奶，他们会很高兴。乡亲们肯定不认识你，但只要报出你爸爸的名字，你会有肉吃、有酒喝。

故乡的底片，会在每一个人的生命中显影。而我用故乡的话给你讲述的一切，用故乡的逻辑为你做过的一切，也会在你的生命中显影。

知识频道

变温动物的体温随外界温度的变化而变化，它们是利用太阳的辐射热和细胞色素的变化来调节体温的。

一堂一等奖的课

随风盛开

经过两轮筛选，我终于杀进了教课决赛。

决赛地点在某中学6班。比赛的课题是临时抽签定下的——《对不良诱惑说"不"》。我有些慌，尽量不去看讲台下那个小丫头似笑非笑的眼睛。

小丫头先发制人，举手说："老师，我的妈妈迷上了网络游戏，经常通宵达旦地玩。您说说，有什么好办法可以帮助她，让她也能对不良诱惑说'不'？"

这个大胆的刁民，不能露怯！我迅速把球踢出去："这位同学问得好。我们一起来帮帮她的妈妈好吗？"

学生们很踊跃，出了好多主意。我问小丫头："这么多主意，你觉得如何？"

我希望小丫头就此偃旗息鼓。可小丫头却说："我不满意。就拿那位同学说的避开诱因法来说吧，对一般人可能会起到效果，但对我妈妈却没有用。我把游戏软件删了，她又去下载。"

我开始冒汗。这时，有个同学发言："看来你妈妈的游戏毒中得还真深。抵制不良诱惑不是还有联想后果法吗？让你妈想想迷恋网络游戏的后果嘛。"

小丫头回答："我妈说了，她忙完工作忙家务，也就剩这点儿乐趣了。如果连网络游戏也不让她玩，后果是了无生趣。并且还威胁我和爸爸，谁不让她玩，她就提前进入更年期。这个联想后果法，对我妈也没效！"

又有同学站起来，建议用专时专用法，规定好学习时间、娱乐时间、休息时间，这样就可以抵制不良诱惑啦。

小丫头嘿嘿一笑，说："我妈振振有词地说了，她的学习内容就是网络游戏。她从玩游戏中，学习到输与赢的辩证关系，并锻炼了眼耳手脑并用的能力。"

学生们笑："你怎么摊上这么个赖皮的妈啊？"

小丫头又笑："就这个妈，还准备教育我要对不良诱惑说'不'呢。哼，先把自己管好了再说。"

下课铃声响起的时候，满头大汗的我对同学们鞠了一躬："谢谢你们给我上了一课，我一定痛改前非。"学生哗然。

我指着小丫头，说："她是我的女儿。我就是那个通宵达旦玩游戏的妈妈。"

比赛的结果是，我拿了一等奖。众评委说，这堂课真实。

没有目标而生活，恰如没有罗盘而航行。
——康德

我们一路踏着诙谐走在满是蔷薇花的路上，感受那多姿多彩的绚丽，品味缭绕身旁的芬芳，在这里没有了执迷不悟，有的只是逸兴神飞，在孩子成长的过程中，其实家长也在成长着。

脊索动物的最大特征就是有一条由结缔组织组成的、柔软且具有弹性的脊索，脊索可以支持这类动物的身体，一般位于动物身体的背部，消化道的上方，背神经管的下面。

人生就像一本书。傻瓜们走马观花似地随手翻阅它，聪明的人用心阅读它，因为他知道这本书只能读一次。

——尚·保罗

 仅只有一只胃

马晓伟

每年的 6 月 24 日，"股神"巴菲特都要吃上一顿天价午餐，此顿午餐的报价为数百万美元。这一胀爆眼球的盛事，理所当然地会被众媒体争相报道。并且在餐会结束的一个月后，还会评出一篇最佳报道。届时，巴菲特将亲自为获胜者颁奖。

举世瞩(zhǔ)目的时刻终于到来了。这天，"史密斯与沃伦斯基"牛排馆被围了个水泄不通。全球记者蜂拥云集，都扛着长枪短炮，严阵以待。不一会儿，一架私人直升机平稳地降落下来，传说中的"股神"巴菲特在保镖(biāo)的保护下，大步地走入餐厅。

菜肴一一呈上，果真是一场美味绝伦的盛宴：天上飞的，土里钻的，树上跳的，地上跑的……应有尽有。三个小时后，巴菲特吃得已

智慧箴言

一个人如果失去了基本的生存欲望，那么他便失去了前进的动力。但是物极必反，当前行的欲望变成无边的贪念时，他最后得到的将是无尽的空虚，因为他已经忘记了满足的滋味。

是大汗淋漓(lí)。他起身离席，餐会宣布结束。接下来，关于天价午餐的新闻便铺天盖地而来，但所有的稿件都写得千篇一律，无非是渲染餐厅是多么美轮美奂，菜品是怎样烹龙蒸凤，用餐主人是如何奢侈华贵……

无一例外，它们都落选了，脱颖而出的却是一篇不足两百字的小报道。文章的作者名叫艾格伊，供职于曼哈顿市的一家地方小报。奇怪的是他只字未提巴菲特，而是把话筒对准了一名流浪汉。评奖结果公布后，立刻引起了很大的争议。有人说它离题千里，有人说评审暗藏猫腻，甚至还有人说老巴在放他们的鸽子。而对于外界的评论，巴菲特毫不理会。相反，他对艾格伊大加赞赏。艾格伊的报道难道藏着什么玄机？为了求个明白，人们不得不将之一读再读：

"史密斯与沃伦斯基"牛排馆被围了个水泄不通，我实在

挤不进去了。正准备打退堂鼓，忽然看到一名流浪汉，他衣衫褴褛(lán lǚ)，却怡然自得。此时，他正在餐馆外的垃圾桶里翻捡食物。突然他一阵狂喜，显然，他发现"战利品"了。大快朵颐(yí)之后，他摸着鼓鼓的肚子，打着饱嗝(gé)，自言自语地嘟囔着："过期的三明治和沙拉酱，也照样能把肚子填饱。"

巴菲特在把一只纯金奖杯颁给艾格伊后这样说，是文章的最后一句话打动了我。在回家途中，艾格伊意外地在奖杯下面发现这么一句话：对于一个人来说，生理需求是非常容易满足的，而永远都填不满的，则是无边的贪欲。

其实，人生在世，所需无多。因为，你所拥有的仅仅只有一只胃。

知识频道

　　野生动物的呼吸系统经历了长期的进化逐步走向了完善。无尾两栖类的肺内壁呈蜂窝状，但肺的表面积还不大，如蛙肺的表面积与皮肤表面积的比例是 2:3。

谁要游戏人生，他就一事无成；谁不能主宰自己，就永远是一个奴隶。

——歌德

成　名

侯拥华

20 世纪 20 年代中期，正是胡适名望如日中天的时候。一天，和朋友路易丝·甘尼特交谈时，他出人意料地说道："今天对于有才能的人来说，生在中国是不幸的，他们得到的太多太容易，他们让人推着很快地承担起超过他们能力的责任——他们注定是要完蛋的。"路易丝听后，一脸疑惑(huò)，大为不解，于是向他请教话中的含义。

后来，他这样举例解释："顾维钧曾是外交部出色的常务次长，现在却成了总理；吴佩孚是一位杰出的旅长，他却竭力要当总司令；我从美国回来两年后，一家报纸搞了一次民意测验，说我是最伟大的活着的中国人之一。一旦你成了名，你必须要选择如下两件事中的一件来

智慧箴言

在这个快速发展的时代里，一切都讲究效率，一夜成名的事例比比皆是。此时最难得的是，能在各种诱惑面前保持一颗平常心，冷静客观地看待自己。"人贵有自知之明"，遇到超出自己能力范围的事物时，不妨先沉静下来积蓄力量，厚积而薄发。

做：不辜负这个名声，或靠这名声活着。在第一种情形中，你会在身体上毁了自己；在第二种情形中，你会在道德上和思想上毁了自己。你竭力要成为一名伟人，你就要尽力做过多的事情——这样你就会完蛋！"

胡老的话让我很自然地联想到当代。当今社会和胡适那个时代相比，确实是截(jié)然不同，也很难放在一起比较，而在成名问题上，却是惊人地相似——成名太容易了，许多人不择手段地去成名，而成名后他们又得到太多太多，远远超出了他自己所能承受的范围。

人世间，不知道有多少人为了成名，一生费尽心机。读罢国学大师胡适这番关于成名的独特见解，如一瓢凉水，将我们从狂乱混沌的一举成名的热情中浇醒，让我们深思，警醒。

知 识 频 道

动物的身体是由许多微小的细胞组成的，这是它们共同的特征。动物们要通过吃一些食物来补充必要的能量或营养。动物们的另一显著特征是它们一生中大部分时间要到处觅食。

> 人生就是一场战斗，你如果要获得什么，就须奋斗着去求取它。
>
> ——德莱塞

100 欧元

冯国川 编译

在法国南部的沿海城市，旅游正步入旺季。但是几场大雨让店铺的生意每况愈(yù)下，大多数人都背负起沉重的债务，这让大家对生活失去了兴趣。

幸运的是，当地的一家旅馆迎来了一个来旅游的俄罗斯富豪。他先交了 100 欧元订金，然后拿着钥匙上楼检查房间。

旅馆老板拿着这 100 欧元急匆匆地跑到附近的熟食店，归还了几日前赊下的 100 欧元。熟食店老板又飞快地走向肉铺，归还拖欠的 100 欧元。肉店老板又拿着钱，朝肉食批发商那儿一路小跑，还清几天前欠下的 100 欧元。肉食批发商立刻拿着钱去养猪人那里偿还债务。养猪人接着拿着这 100 欧元去会他的情人。养猪人是那

智慧箴言

　　故事中的 100 欧元，在小城中环游了一圈，又回到了原来主人的口袋，但却卸掉了小城中所有人的包袱，使小城又恢复了往日的生机与活力。"山穷水尽疑无路，柳暗花明又一村"，可见，困难并没有那么可怕。

家旅馆的常客,他欢天喜地地把100欧元递给了服务生。

就在这时,富有的俄罗斯人查看完房间,走下楼来,表示自己并不满意房间里的各种设施。他收回了自己的100欧元,然后离开了。

没有任何利润和收入,但是每个人都卸(xiè)掉了自己的债务。小城里的人又开始对生活充满了向往。

知识频道

根据所吃食物的种类不同,动物嘴的大小和结构也不完全一样。多数哺乳动物有牙齿,可以将大块的食物撕碎,然后通过咀嚼把它变成柔软、易于吞咽的浆状物。但有些哺乳动物牙齿很少,有的则根本没有牙齿。

不要被炫目的诱惑罩住，做一个自主的人比做别人的傀儡更有所获。

——克利福德·库泊

图瓦卢人的警世之言

赵盛基

从电视上看到这样两个画面。

一个是，冰川在融化，塌落下一块块浮冰。一头北极熊，坐卧在一块比自己大不了多少的浮冰上，随波逐流，漂来漂去。如果浮冰再融化，或者遭遇风浪倾覆(fù)，北极熊只能落入大海。

另一个是，美丽的南太平洋岛国图瓦卢。从空中俯瞰(kàn)，这个岛国的国土是一个狭长的长条，南北两端相距560公里，由西北向东南绵延散布在约130万平方公里的海域里，而陆地面积仅26平方公里。侵袭该岛最大的巨浪高达3.2米，而图瓦卢海拔最高的地方只有4.5米。

画外音介绍，从1993年到现在，图瓦卢周围的海平面总共上升了9.12厘米。按照这个数字推算，50年之后，图瓦卢

智慧箴言

世间的万事万物都是相互联系、相互制约的。现在我们的一些"违法"小行为，可能对生活没有丝毫影响，但是量的积累会引发质的改变。这无异于搬起石头砸自己的脚，所以请从身边的点滴做起，爱护我们共同的家园。

就将灭亡,因为涨潮时图瓦卢将不会有任何一块土地能露在海面上。目前,已有六千多名图瓦卢人移民他乡,还有一万人故土难离,恋恋不舍地留守在这块土地上。

被采访的一个图瓦卢居民说:"我觉得,地球上60亿人都应该向我们说抱歉。"

记者语塞。全球工业高速发展,大量二氧化碳的排放导致温室效应加剧,而气候变暖致使冰川融化,不久的将来,北极熊将无栖(qī)息之地,图瓦卢人将失去家园。

50年后,一个图瓦卢没有了。100年后呢? 500年后呢? 如果真有那一天,地球一片汪洋,我们会在哪里?

知识频道

蟑螂和蟹等动物主要吃死亡动物的尸体或腐烂的食物和垃圾,为食腐动物。秃鹫也属于食腐动物。

踟蹰不前意味着让别人控制你的生活。

——海厄特

亦 舒

运动员比赛大失水准,痛哭失声,埋怨场内环境过度嘈杂。

可见其水平未臻(zhēn)一流,其实任何地方都嘈杂不堪,你以为是在学校图书馆内做功课吗,有人略为高声,就有管理员主持正义:"嘘——"无论哪种竞技场都好比马戏班,什么吓死人,什么怪现象都有,会跳舞的大象、胡须美人、侏儒(rú)、空中飞人、小丑……环境恶劣。

但你若是心静,沉得住气,就能做到视而不见,听而不闻。

十全十美的环境才能有所作为?那一辈子也别想再有任何成就,世界不是那样运作的。

谁家没有生病的老人、成叠的账单、阴险的亲戚、难管教的孩子,外加一箩筐(kuāng)的不如意,若都能

智慧箴言

现实生活中,有很多人不能正视自己的失败,而是找各种各样的借口来掩饰自己的失误。其实,为失败所找的借口是走在路上的人自己所设置的障碍,它只会阻碍你成长的步伐,减慢你成长的速度。

成为工作不力的借口,地球早停止转动了。

宁波人有一句话:自家笨,埋怨刀钝(dùn)。成年人的第一口诀,就是丢开所有借口。

知识频道

达尔文的"自然选择学说",不仅说明物种是可变的,而且也正确地解释了生物的适应性问题。自然选择说认为生物在长期繁衍过程中,只有适应环境的生物才能生存下来,而那些不能与环境相适应的生物则会被淘汰灭绝掉。

要探索人生的意义，体会生命的价值，就必须去追寻能使自己值得献出生命的某种东西。

——武者小路实笃

破碎的图腾

毕淑敏

风光旖旎（yǐ nǐ）。和所有旅游者一样，我忙着购买纪念品。资深的旅游者小 D 对此不屑一顾，谆谆告诫我这些东西多半是假冒伪劣产品。

手里的"椰妹"难道是假的吗？这分明是两个椰子壳粘起来的，你闻一闻，还有椰茸的清香呢！

她说，这东西便宜得无以复加，大概是真的，造假的人特别讲究成本。

到了一处景点，身着绚丽民族服装的女店主，殷（yīn）勤地向我们推销一件牛雕。

它是象骨制的，你看这刀工，多么细腻！你看

智慧箴言

假的即使仿造得再真也不过是赝品。就像文中的牛雕是经受不住真正的考验的，即使是图腾也不免让人产生怀疑。所以，请坚守诚信。因为只有它，才能洗去心灵的尘埃，净化虚伪的灵魂，还原世界的本真。

这造型,多么生动……女店主说。我被牛雕古朴的形象吸引,刚要掏钱,想起小 D 的忠告,觑(qū)了她一眼,果然在冷笑。

这若真是象骨制的,只怕你要进监牢。谁不知大象是国家保护动物! 小 D 冷冷地说。

还是这位大姐识货啊。女店主露出不好意思的神态。不过,它虽不是象骨,却是牛骨的。都是骨头嘛,又不是做药酒,没那么认真。她笑盈盈地解释。我抚摸着牛雕温凉而润泽的背脊,看着牛雕诚恳而略带悲哀的眼睛,满心喜爱。

见多识广的小 D 还不放心,问,这真是骨雕啊?

女店主有些火了,说,你怎么这样不相信人,不是真骨雕,能有这个分量? 再说啦,这是什么? 这是牛啊! 牛是我们民族的图腾,图腾你们懂吗? 很神圣的东西,哪里敢造假? 就是造,也是别的民族的人干的,我们是不敢的。

面对铁一般的逻辑, 我们自惭形秽(huì),哑口无言。我买了牛雕,一路珍爱地用手托着,不时把玩,到了宿营地。晚上,小 D 紧盯着图腾牛说,我总觉得这像一个骗局。

我说,真做假时假亦真。不要以小人之心度君子之腹。再说,这是图腾啊!

小 D 说,图腾也不是防伪标志。我倒要把它摔开来看一看,到底是什么东西使它显得这样重!

我大惊,可使不得! 再说这是我的东西,你不能破坏他人财产。

小 D 说,摔坏了,我赔你钱。

我说,我不要钱。我要图腾。

小 D 说,那我赔你图腾就是

了。我已在其他商店看到了一模一样的骨雕。

小 D 说罢,不待我反应过来,高高举起了牛雕,砸(zá)向地面。

随着黯哑的闷响,牛雕扑向地毯,又嘭地弹起,叽里咕噜地滚进床下。我心痛万分地将它从旮旯(gā lá)处搜索出来,举在手里仔细端详,竟是毫发未损,一双铃铛般的牛眼,熠(yì)熠有神,愤怒地盯着我们。

我说,真金不怕火炼,真骨不怕摔打。

小 D 夺过牛雕,默不做声跨出房门。

不知她到底要做什么,我紧紧追到大堂。光滑的大理石地面映着我们模糊的身影。小 D 二话不说,又一次高高地举起了牛雕。

啪!牛雕訇然破碎,炸裂的断片四处迸溅,像无数横飞的小刀。

我恼怒地大叫,简直是打砸抢!别说是骨的,纵是钢的,也禁不住你这样破坏性的试验啊。

小 D 捡起一块碎屑,平静地说,看看吧,你高抬了它的身份。

我抢过碎屑。先是闻到了一股腐败的气味,接着感到它橡皮般的质地柔软。定睛一看,才知是一块淤泥。这条传神的图腾牛,是以塑料制成外壳,内囊充填污泥。算它坚实,在铺了地毯的室内,经受住了第一次考验。谁想小 D 穷追不舍,终使它显了原形。

看我怅(chàng)然不语,小 D 说,我赔你钱,你还可再买。说着掏包。

我说,不要你赔。我只是在想,它到底是谁制造的?

小 D 说,那有什么追究的意义?我说,不!不一样。因为牛是一个民族的图腾。小 D 皱着眉头说,图腾又怎么样?假的就是假的,这就是一切,没有什么不同。

我说,一个民族,要是连自己的图腾都造了假来赚钱,这世界上还有什么更宝贵的东西值得珍惜呢?!我宁可相信是另外民族的人造了假,骗了老板娘,她不知情,才转卖给我们。她是无辜(gū)的。

> 人的一生就是进行尝试，尝试得越多，生活就越美好。
>
> ——爱默生

王子流浪记

徐百柯

　　威廉要找地方度过这一晚。伦敦中心区寒冷的街头，气温只有零下四摄氏度。27岁的瘦高青年，穿着牛仔裤和灰色帽衫，戴一顶拉得低低的针织帽。他和同伴在一些垃圾桶后面发现了一个隐蔽的角落，并最终在那里度过了一个"无眠之夜"。

　　那一晚，伦敦一定还有很多个露宿街头的威廉，以及汤姆、皮特、约翰。但这一个不同，他是王子，英国女王的嫡(dí)亲孙子。

　　英国针对无家可归者的慈善机构"中心点"和威廉王子一起组织了此次活动，王子从2005年以来一直为该机构提供资助。12月22日，威廉公开表示："在这一宿后，我简直不敢想象每晚都露宿伦敦街头的滋

智慧箴言

　　生命不只是春暖花开、风平浪静。悲伤痛苦也是生命的一种形式。亲人离去、朋友分别……不用失意，不必畏惧。这些都只是人生路上潜伏的"小怪兽"。但是它们都有一个共同的敌人，那就是勇气。所以，无时无刻，请记住将勇气带在身边。经历了种种苍凉、困惑之后，我们终将等到岁月静好。

味。"陪同他的人则说:"这是一次可怕的经历。但他下定决心要深入了解一个无家可归的年轻人可能会遇到的方方面面的问题。"

这是一场"秀",没错。但这也表明了一种姿态,况且威廉王子说得到位:"贫穷、精神疾病、毒品、酒精依赖及家庭破碎导致人们沦(lún)为无家可归者,并一直这样下去。我希望能通过加深对这一问题的了解,尽一己之力来帮助街头这些最无助的人。"

"贫穷、精神疾病、毒品、酒精依赖及家庭破碎",他显然照搬了现成的社会学分析——这是王室的政治正确。但有勇气"加深对这一问题的了解",并以露宿街头来亲身体验,这除了正确,还见出风度。

反观身侧,我也希望见到对社会实情加深了解的勇气和政治风度出现在我们的视野中。

知识频道

生物界中,动物的种类多达一千万种以上,人类目前已知的动物种类有130万种。科学家把这些动物进行分类,按从小到大的次序分为界、门、纲、目、科、属、种。我们大体可以将动物分为:腔肠动物、软体动物、节肢动物、棘皮动物和脊索动物(其中包括鸟类、爬行类等)等。

另类 天使

邓 笛

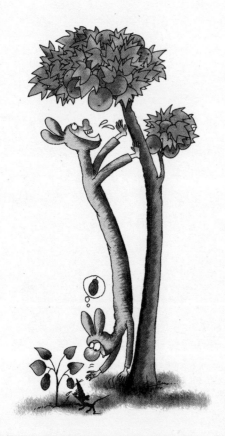

喝酒时，朋友苦恼地说，有人暗中算计了他。他给我讲了他的故事。这是一个典型的办公室故事，反反复复地在许多办公室演绎(yì)过。

"这个可爱的天使！"我笑着说。

"对于这样的卑鄙(bǐ)小人，我揍他的心都有！你还说他是个可爱的天使?！"朋友嗔(chēn)怪道。

"你以为天使是什么样?"我问，"是背上长着羽毛翅膀的可爱宝贝？是穿着洁白纱裙的美丽少女？还是耐心慈祥的幼儿园老师?"

"难道不是吗？"朋友反问。

"天使还会以其他面貌出现在你面前。"我笑答。

"魔鬼的面貌吗？"朋友的眼神里透出一股杀气。

我清了清嗓子，像诗人一样吟诵道："当你遭人暗算时，那是你事业欣欣向荣；当你遭人诋(dǐ)毁时，那是你生活蒸蒸日上。因为你埋头向前飞奔，浑然不知自己的幸福，所以上帝便派了这样的天使给你以提醒。"

朋友大笑，举起杯说："感谢天使！"

智慧箴言

凡事都具有两面性，所以当遇到困难和不幸时，不要愤怒，不要恼火，因为在那背后等待着你的是收获与成长。多年之后，回首往事，曾经的泪水都将化为一颗颗璀璨的明珠，装点着你的美丽人生。

知识频道

水母是水母形腔肠动物的统称。水母的种类很多，外形多为伞状，有很多触手和感觉器官。

人生一世,总有些片段当时看着无关紧要,而事实上却牵动了大局。

——萨克雷

好粥是熬出来的

张香玉

学者饶宗颐(yí)的一生,著述达三千万言,治学领域遍及敦煌学、甲骨学、考古学、历史学等诸多学科。

2007 年,中央电视台节目主持人在采访饶先生时,了解到这样一个细节:

饶先生有一年在法国考察，他听说法国南部有个原始山洞，这个山洞的岩壁上画有两万年前的岩画，而且这些岩画中还有一匹中国的蒙古马。为了证明远东、西欧的人类在两万年前就已有沟通接触，饶先生决定亲自去岩洞看个究竟。可是，因为有关部门担心人们的呼吸会破坏洞内的景观，所以这个岩洞一周只对外开放一次，而且一次只开放一个小时。饶先生为了一睹这匹蒙古马，硬是等了一年。

可见他对学问的追求，"耐心"到了何等地步。

智慧箴言

　　德国有一句谚语"耐心是一株很苦的花，但却能结出很甜美的果实"。即使在等待的过程中，生命也可以充满意义。因为此时，你可以不断地汲取养分，不断地为成长积聚能量，直到有一天你可以足够美丽地绽放。

知识频道

　　珊瑚虫约有六千五百种，是一种分布很广的腔肠动物，均生活在海洋中，珊瑚虫主要产于热带浅海区。它们是珊瑚礁的主要生产者。珊瑚虫长有触手，并靠这些触手来捕捉小动物。

一个人应当摒弃那些令人心颤的杂念，全神贯注地走自己脚下的人生之路。

——史蒂文森

浪漫的法国人为何喜欢 哲学思考

翟华

法国各个电视台每天都有现场直播的清谈节目，请来的不论是政界要人、明星大腕还是平民百姓，也不管讨论的题目是谈天还是说地，嘉宾们都争相发言，而且个个口若悬河，说得头头是道，话匣(xiá)子一打开就再也收不住，急得主持人频频做手势要他们适时打住。法国人为什么这么能"侃"呢?法国有丰富的民族文化，历史上曾产生过像笛卡尔、孟德斯鸠、伏尔泰、卢梭、狄德罗、萨特这样在人类文明史上占有一席之地的大思想家和哲学家。耳濡(rú)目染，很多法国人都不知不觉地沾上了几分学究气。再者，他们人人在中学时代都有过上哲学课和为应付考试而"背哲学"(类似我们中国学生"背政

智慧箴言

当生活让我们变得越来越忙碌，越来越现实时，我们应该做的就是静心思考和自我反省。这样的思索，哪怕只有片刻，也会让我们感觉自己多了一份平和，多了一份宁静。随着时间的延伸，这份平和与宁静将会变成我们受益终生的无价财富。

治")的经历。

在法国,哲学的地位与法语、数学、物理这样的主课不相上下。法国普通中学的学生升入高中后就开始分科上课,根据个人的爱好和特长选择文科、经济科或理工科。但无论是哪一科的学生,哲学都是必修课,文科的学生每周要上 7 小时的哲学课,而经济科和理工科的学生也分别要上 4 小时和 3 小时的哲学课。法国每年 6 月份举行全国性的中学毕业会考, 相当于我国的普通高等院校入学考试,只有拿到中学毕业文凭才可以上大学。按 19 世纪以来形成的惯例,中学毕业会考的第一门,同时也是考生们最怵(chù)的一门考试科目,那就是哲学。每年大考之前,法国市场上虽见不到"脑黄金"、"忘不了"之类的健脑补品,但书店里各类哲学参考书、哲学概念记忆卡片还是相当热销的。近年来,网上也出现了不少面向高中毕业生的网站,用多媒体和动态的方式辅导哲学,颇受考生青睐(lài)。

法国人为什么要花这么大的气力学习哲学呢?根据法国教育部颁发的大纲,哲学课的目的是要"培养学生的批判性思维并建立理性分析坐标以领悟时代的意义"。说得通俗一点,就是要让学生发现自我价值,学会对周围司空见惯的现象说"不",在未来的实际工作中养成创造性的思考方式。另一方面,学得满腹哲学经纶、出口成章的法国人,如果平日里没有地方发挥也着实难受。也许正是由于这

个原因,"哲学咖啡馆"才在法国大行其道。所谓"哲学咖啡馆"就是街头普通咖啡馆,每周开辟专门的时间,聘请一到两位文化名流当主持人,组织咖啡馆的客人探讨哲学问题。经常组织哲学讨论的咖啡馆在巴黎有三十多家,在法国全国有两百多家,其中最有名的是位于巴黎第四区巴士底狱广场的"灯塔咖啡馆"。这里是"法国哲学咖啡馆协会"的总部,定期出版《哲学咖啡馆月刊》,报道各地"哲学咖啡馆"的活动情况。每个"哲学咖啡馆"都有自己的特色,但在活动方式上又大致相仿。每次参加讨论的咖啡客从十几人到几十人不等,这里面既有教师和大学生这样的知识分子,也有来自企业的职员和工人,还有刚从菜场里出来的家庭主妇。每次讨论开始之前,主持人都会先征求参加者的意见,确定一个讨论题目。题目可大可小,有虚有实,比如"我们愉快吗"、"你认识自己吗"、"人们必须永远说真话吗"、"寂静是否是灵魂的音乐"等等。客人们你一言我一语,围绕着选定的题目自由发表看法。主持人适时幽上一默,或引用一句名言警句,起个穿针引线的作用。讨论到兴致勃(bó)勃之处,客人们往往不是叫一杯咖啡,而是大声招呼跑堂倌"伙计,拿纸笔来",以便记下稍纵即逝的思想火花。

也许有人会觉得法国人如此热衷于哲学话题，活得未免太累。其实正相反，哲学的思考使法国人对人生采取超然的态度，在快节奏的现代都市生活中保持平和的心境。正如一位"哲学咖啡馆"的参加者在讨论关于"愉快"的题目时所言："能在生活中当个重要的人固然是愉快的，但是更重要的是当个愉快的人。"

知识频道

软体动物的贝壳由外到内分为三层。外层是角质层，其作用是保护里面的钙质免受钻孔虫的侵蚀。中层为棱柱层，主要成分是碳酸钙。内层为珍珠层，是由外套膜包围的。其贝壳的厚度能不断增加。

不经历感情的青年、战斗的成年和思考的晚年，生活就不会是十全十美的。

——布伦特

长辫子精灵与三眼皮女生

惠 香

有一种缘分，让蝴蝶飞到沧海，让她明白了沧海的博大；让沧海遇见蝴蝶，让她感受到蝴蝶的可爱。

长辫子精灵的故事

六月的阳光慎重地洒下，洒进我们相遇的窗口。

我一回头便看到了她——长辫子精灵，乌黑的头发扎成马尾，细密的发丝在额前不安分地跳动，一条长长的辫子蹭着脊背；手指拨弄着铅笔，一下一下在白纸上涂鸦，带着羞涩与陌生的腼腆（miǎn tiǎn）。我们从只言片语到侃（kǎn）侃而谈，那是六月最灿烂、最喧闹的时光，

智慧箴言

席慕容说"记忆是无花的蔷薇，永远也不会凋谢"。特别是那些在我们记忆长廊中，闪闪放光的美好故事。青春是一道明媚的忧伤，恍然间我们不再招摇，而是沉静下来慢慢地品味岁月的痕迹，品读成长的过程。一切都那么美好！

织成了一张密密的网,仿佛从网里找到了依靠。有时聒(guō)聒噪噪,偶尔吵吵闹闹,心情总是晴转阴,阴转雨,雨后转晴还有彩虹闪现;也有"一言不和,拳脚相加",也有"指桑骂槐,损人利己",像是两只快乐的小斗鸟,安心而又平静。

十月的阳光变成一把剪刀,剪去了多余的烦恼,剪去了让我羡慕的长发。她出落得干净、利索、简单明了,想问题时,托着腮,皱着眉。思考我的怪问时,她抿着嘴角,左脸颊上的酒窝里酿着笑意,左眉高挑,右眼迷茫。短发让人显得轻松、自在、逍遥。最喜欢在小路上,肩挨肩,有一句没一句地闲聊,"踢踢踏踏"的脚步声中,诉说你的梦想,倾听我的希望。

十二月的阳光暖暖的,却短暂得可怕。望着窗外最明媚的阳光,忽然明白什么是青春,什么是一道明媚的忧伤。我们都沉静下来,细细品味岁月静好。接下来的生活有些枯燥,我们的青春不再招摇。一分一秒,都如车轱(gū)辘(lu)轴,山一程,水一程,经历过许许多多,留到最后的是选择,选择离别,在垂柳依依的春天。她或是我,选择离别,人生的航程将扬起风帆,现在的驿站里载不下梦想。我们的彼岸在哪里,哪里就有彼岸花。

三眼皮女生的奇迹

她是一个相信奇迹的人。

她相信，只要用力呼吸就能看到奇迹。我相信她，因为她那双大眼睛里闪着执著和对幸福的定义。一分真诚和勇气，还有一腔热情，总让我感动得一塌糊涂。

厚厚的镜片掩盖不了她那双会说话的眼睛，有时闪着泪花，有时含着笑意。我爱看她"梨花带雨"，也爱看她"阳光灿烂"。有时天晴有时雨——生气时，嘴巴翘得老高，总想给她挂个油瓶；眯着眼睛偷觑我时，像只刚睡醒的小猫咪，多愁善感却毫不矫情；悲伤时，静静地趴在桌上，或是歪靠在我的身边，那双似有倦意的眼睛忽闪忽闪，三眼皮时隐时现。那一种安静仿佛让整个世界都沉静了，心里是沉沉的，想给她宽慰与暖意。

有时，我会揽着她的肩头给她力量和勇气，总想对她说，幸福就在你身边。后来才明白，给人温暖，也能温暖自己。她就像一个孩子，天真而又容易满足，吃着小小的糖果，就觉得尝到了幸福。她爱那些精巧的小玩意儿，一件件都珍惜、收藏，却不要以为她心细如针。她那粗心大意、丢三落四的小毛病常常让我哭笑不得、摇头叹气。她想问题时,喜欢歪着脑袋;疲惫时,挺直了腰板,伸直了脖子,却把脑袋沉沉垂下,抵着桌沿,眯着眼睛,常让我想到动画片里的小屁孩儿,就忍不住"哈哈"笑出声来。

快乐的寄托存在于她忽闪忽闪的眼睛里。激动时,一把抓住我的衣襟;生气时,揉搓我的头发;给我翻领子时,有妈妈的味道。总爱搭我的肩,没有太多的唧(jī)唧喳(zhā)喳,没有吵吵闹闹。陪她度过静静的时光,做她的依靠,牵着风筝线放飞她的梦想。

六月的风吹走了昨天的回忆。我抚摩着青春的书页,一读再读,读出了——深蓝浅蓝的泪痕里有我们年轻的相逢。

知识频道

章鱼也叫"蛸",它们的头很大,并且上面长了8个腕,因此也称为"八爪鱼"。它们多栖息在浅海的沙砾中或礁岩中,由于它长得十分古怪,常作为怪物的代表形象出现在文学作品中。

以嘲弄的眼光看待人生，是最颓靡的。

——罗斯福

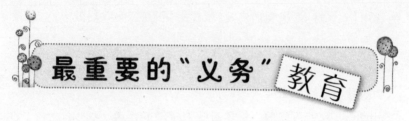

最重要的"义务"教育

徐立新

　　41 岁时，她带着两个儿子和一个女儿，离开上海，去了以色列，开始在那里艰难谋生。为了能养家糊口，她想到做中国的传统美食春卷，然后卖给当地人吃，每个春卷能赚 7 毛钱。

　　然而，和面、包皮、煎炸，然后站在寒风凛冽(lǐn liè)的街头兜售，一切都是第一次，对她来说都是挑战。她跟三个孩子说，现在我们的处境很糟糕，你们看该怎么做，才有可能走出这个困境？

　　三个孩子中，虽然其中最大的也才 12 岁，但因为母亲的信任和求助，他们没有游离于困境之外，而是积极地与母亲同舟共济，一起卖春卷，用一双双稚嫩的小手，帮着妈妈的大手一起迎接生活的挑战。

　　晚上，当菜市场的摊主都打算收摊时，三个孩子

智慧箴言

　　懂得在孩子面前示弱和索要，是莎拉女士对孩子进行教育的秘诀。其实她不只在示弱和索要，更多的是在不断地给予和付出。只不过她所给予的不是简单的物质，而是让孩子们独立成长的机会，是一种为人生目标而奋斗的体验……

便开始一个摊位一个摊位地去收购那些卖剩下来的菜，因为价格可以便宜很多——然后，再一步一步地将收购来的剩菜，一筐(kuāng)筐地往家里提。因为力气小，三个人只好采取"游击战"，先合力提过去一筐，放在那里，再回去提另一筐，如此反复。最后，孩子们跑到她的跟前，告诉她说："妈妈，这样你的成本会低一点。"

后来，大儿子发现中国的许多生活用品和民族特色产品，在以色列很受欢迎。于是，他决定通过快递的方式，从中国进货，再转手卖给以色列人，赚取中间的差价。

为了让孩子们从小树立自立自强的品质，她从没有向邻居借过一滴油、一勺盐、一粒米和一颗糖，家里的东西用完了，没得吃，就只能饿一餐(cān)。

孩子们也在她的教育下，对社会和自己有了明确的认识。大儿子告诉她："妈妈，全以色列的华人都在开饭馆，他们的儿子还是在开饭馆，但我不会去开饭馆，那样太辛苦了。我要去做其他华人没有做过的事情，并且让妈妈过得快乐。"

等两个儿子都当过兵，完成了服役的责任后，她把三个孩子叫到跟前，说："现在你们要承诺在几年后每人送一样东西给我，而且是能放在我手上的。"孩子们都很聪明，知道母亲的言外之意。大儿子说，我会放一把房子的钥(yào)匙；二儿子说，我会放一把车子的钥匙；小女儿说，我还赚不了大钱，我会放一把首饰盒的钥匙。

为了兑(duì)现对母亲的承诺，几个孩子开始打拼。几年后，在以色列钻石交易所上班的大儿子给她买了一块劳力士金表，并在上海浦东给她买了一套大房子；开了一家跨国公司的二儿子给她买了一辆豪华的汽车；还在读大学的小女儿，则靠着自己课余打工挣的钱，为她送上一串串首饰。

现在，她的两个儿子都已经是千万富豪，然而更让她高兴的是，孩子们都很节俭。为了不费袜子，大儿子在衣帽间贴着一张纸条：不要忘记定时剪指甲。每次出门前，二儿子都要自己带上一瓶水，然后对她说，妈妈帮我做一块三明治吧。一个千万富豪，却坚持不在外面花钱买早餐，作为母亲，她感到无比欣慰。

不错，她就是犹太后裔(yì)莎拉女士，一个有着犹太血统的中国妈妈！20世纪三四十年代，为躲避德国纳粹的残害，莎拉的父亲来到中国上海，之后她出生了。1992年中国和以色列正式建交，也就在这一年，41岁的莎拉去了以色列，作为第一个从中国去以色列的犹太移民。她的自立自强，被看成是中国女性的典范。

莎拉女士的人生经历被以色列的各大报纸、电视争相报道。当她回到中国时，许多媒体则对她的教子方式有着浓厚的兴趣，都想知道其中的秘诀，而她的回答却是：没有秘诀，因为我懂得在孩子面前示弱和索要！莎拉说，中国父母给予孩子的爱，不是太少了，而是太多了，不忍心让他们从小体验生活的艰难，也不懂得适时向他们索要，因此最终导致子女们一辈子向他们索要！

一个人要去占领自己的生活，最好从年轻时就开始行动。

——海塞

信任 是一种有生命的感觉

吕麦

2008 年 8 月，奥运会闭幕式所有节目，在没有正式公演之前，都被定为"绝密"，层层封锁。然而，就在 24 日晚，北京闭幕式演出刚结束，南京《扬子晚报》排版印刷的 25 日报纸头版头条，竟赫(hè)然登出了多明戈、宋祖英排练主题曲《爱的火焰》时的大幅照片。其他媒体竞相转载之余，百思不得其解：闭幕式节目排练场封锁得连只蚊子都飞不进去，记者鞠健夫怎么能"抢"到第一手新闻呢？

　　鞠健夫谦逊地说"是个偶然"。21日那天,他在网上浏览到一则亦真亦假的爆料,说多明戈将和宋祖英合唱《爱的火焰》。职业的敏感,使他迅速作出判断,如果此消息确切,将是一条轰动性的娱乐新闻。于是,他立马收拾行装,直奔机场,午饭时,直接"杀"到了闭幕式音乐总监、《爱的火焰》词作者卞留念的音乐工作室。眼睛一瞥(piē),看见办公桌上有一张标着中英文的歌谱,心里一喜,当下厚着脸皮,潜伏在这里"守株待兔"。可没想到,整整蹲守了两天,丝毫"嗅"不出多明戈要来的迹象,难道爆料是空穴来风?

　　第三天午饭后,他试探性地问卞留念:"下午有什么活儿?"

　　卞留念随口答:"有人来录音。"

　　"谁来录音?"

　　"啊……这个……我忙呢,你自己转悠去吧。"卞留念警觉地岔开了话题。

　　鞠健夫郁闷地晃到窗口,往下一瞧,就笑了。嘿,看来这五十多个小时没有白守。此时,小区里的保安、便衣警察比上午多了几倍,肯定是某个大人物就要出现了。

　　果然,两点前后,美女歌星宋祖英先来了。三点,世界歌王多明戈也来到了卞留念音乐工作室。奥运会闭幕式海外媒体有三万人,谁都想在机场堵住多明戈弄到第一手新闻,但谁也不知道他的行程。自己竟然有机会,在二十几平方米的录音室跟他零距离接触。但

智慧箴言

　　人与人之间存在一种无形的、有力的"磁场",这种"磁场"将茫茫人海中素不相识的人联系在一起。而这个磁场中真正起作用的因素便是真诚和信任。唯有真诚与信任才能让人真情流露、坦诚相见。这种信任不需要过多的语言来诠释,即使只是一个动作、一个声音、一个眼神,都可以传递一份温暖。

鞠健夫没有轻举妄动。他知道，一旦暴露自己媒体人的身份，就会牵连、殃及到这里的工作人员。因为，他们都曾跟北京奥组委签过保密协议。

他按捺住激动、兴奋的心情，藏好相机，一会儿，毕恭毕敬给歌王倒杯咖啡，一会儿，又谦(qiān)卑礼貌地给歌王拿拿凳子，俨然一个低眉顺眼的工作人员。休息了一会儿，多明戈起身试弹钢琴。鞠健夫心里明白：大师要开声了，自己必须离开这间屋子。于是，这才拿出相机，歌王配合地摆了一个 Pose。拍完后，礼貌地示意：您，可以离开了；我，要工作了。

然而，关上歌王的屋门，鞠健夫并没有急三火四地"隐匿"进宾馆，匆匆发表他的第一手资料。而是真诚地对卞留念和工作人员许诺：我不走，留在这里，让你们安心，闭幕式开始之前，我绝不会发表一个字。最终，他坚守住了自己的承诺。

在娱乐圈，明星、大腕和娱乐记者的关系，可谓是爱恨交加、错综复杂。然而，"文化记者"鞠健夫，却深得娱乐圈名人们的尊崇和信任。民歌天后宋祖英，从 90 年代初至今，一直和他有着深厚友谊，经常请他去家里做客。杨澜、周涛、哈文、王小丫，即便是凌晨三点，也会毫无顾忌地给他打电话，说一说开心或不开心的事。而他，总是像村上春树小说里那个忠实的"树洞"，坚守着朋友们让他坚守的秘密。

作家海岩说："许多明星，名人，都乐意把想要披露的隐私——交给老鞠，而不想披露的隐私，也会像朋友似的倾诉给老鞠。因为，他们坚信，老鞠是个绝对可以信赖的人。"

可不是嘛，真正成功的文化记者，能够跟明星、演员之间建立起一份相互的信任、真挚的友谊。信任，是一种高尚的情感；信任，更是一种连接人与人之间情感的纽带。

知 识 频 道

蜗牛是热带和温带地区一种常见的软体动物。它们的头部有两对触角，眼睛长在后一对触角的顶端。它们常常在潮湿的地区中栖息，遇到干燥的环境或冬眠时，就会分泌黏液封住自己的壳口。蜗牛爬行的速度非常缓慢，平时主要以绿色植物为食。

天地宽于容人处

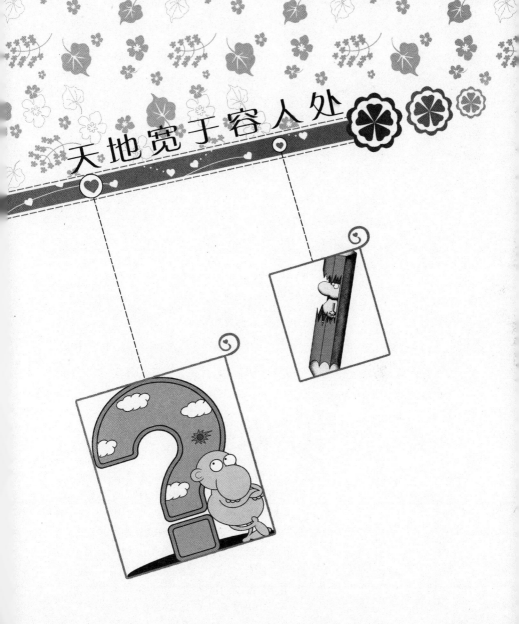

我们的生活虽然短暂而且渺小，但是伟大的一切正由人的手所造成。人生在世，意识到自己的这种崇高的任务，那就是他的无上的快乐。

——屠格涅夫

学会让欲望冷却

张奉连

如果你选择在旱季去澳洲荒漠旅行，肯定会有人跟你说起那里的动物。而最不能不看的，既不是袋鼠也不是野牛，而是一种名不见经传的小动物——澳洲蹼(pǔ)鼠。

在澳洲的西北部，人烟稀少。天空是无杂尘的蓝，蓝得干燥、干脆；天空尽头横铺开一片汹涌起伏的赭红。此时，桉树的叶子已经落尽，都伸长了光秃秃的枝丫在烈日和高温下沉默着，而桉树的种子落得到处都是。你可能会说，澳洲的动物有福了，这么多粮食等着它们来吃呢。动物们也确实都来了，并且疯狂地抢食，因为好不容易等到了食物如此丰盛的季节，还不开怀大吃一顿？可是，这些食物却

人的内心就像一条欲望的河流，流淌的不是河水，而是人的各种欲望。欲望是人前进的原动力，如果缺少欲望，人便失去了存在的快乐；但如果控制不当，欲望就会变成贪念，变成前进路上的绊脚石。所以，当我们在欲望的河流中飘摇不定的时候，请想想澳洲荒漠中的小蹼鼠吧。

是不能立即食用的,如果动物们不早点罢休,过不了多久,便会因缺水而死。在旱季,这些充足的食物并不能带给动物们生的希望,食用后反而会因缺水更快地死去。

只有一种动物能够靠这些种子生存下来,那就是澳洲蹼鼠。这种小动物有一个习惯,它们从来不吃外面的果实。尽管旱季的种子落得到处都是,尽管它们跟其他的动物一样饿得头昏眼花,但它们从不立即食用那些种子。它们会将种子搬到洞里,还要等上一段时间,等到种子吸饱了水分,变得柔软了,蹼鼠才会慢慢享用。蹼鼠就是这样通过植物的种子,从土壤中得到了水分。

很多人就是冲着蹼鼠来到澳洲的。导游会告诉你,澳洲荒漠上的小蹼鼠可是当地土著居民的偶像呢,因为蹼鼠有一种能力,那就是让欲望冷却。蹼鼠的力量极其弱小,智商也不高,就连耐旱和耐饥的能力也不及其他动物,为何它们就能够做到让种子吸饱水分后再去食用呢?其实蹼鼠也并没有什么特异功能,它不过是比其他动物少了一点贪欲罢了。

世界有许多苦难在那儿等着我呢，一旦置身其间，也许可以显出几分英雄本色。

——狄更斯

天使的歌声

军 军

几十年前，一个漆黑的夜晚。突然间有两艘船剧烈相撞，接下来，两艘船都开始倾斜，眼看就要沉没。

从睡梦中惊醒的人们，纷纷走上了甲板，在船沉没之前跳进水里。

整个海面上，一片漆黑，海水非常冷。人们在波浪中挣扎着，充满了恐惧，呼救声、哭泣声响成一片。

时间一分一秒地过去了，救生船一直没有出现。有许多人都觉得自己已气息奄奄，等不到救生船到来的那一刻了。

渐渐地，呼救声、哭泣声低了下来，声音越来越低，最后，除了波浪声，已

智慧箴言

锦上添花并不难，难的是雪中送炭，但更可贵的是在自己身处险境时，也依然保持着乐观的心态，并不断用这种积极感染着、影响着、甚至支撑着身边的人。这无疑是带领人们穿越黑暗、走过冬天的一丝光亮，不仅照亮自己，也光明了世界。

经听不到任何人的声音了。甚至，已经有人闭上了眼睛，等待死神的光临。

就在这令人毛骨悚然的寂静中，突然响起了一个人的歌声，那是一个年轻姑娘的歌声，歌声非常优美，就像唱歌者是在剧院里为人们唱歌一样。

本来因为海面上一片漆黑，人们都分散着，可是听到歌声以后，人们都循着歌声，朝唱歌者那个方向游了过去。

唱歌者的周围，有十多根大圆木头，靠近唱歌者的人们，都抱紧了身边的圆木，这样与波浪搏斗时，就省力多了。

面对劈头盖脸打下来的波浪，年轻的姑娘仍然在从容不迫地唱着。

后来救生船循着歌声，用最短的时间，穿过黑暗，准确地驶了过来。于是唱歌的姑娘和其余的人都被救了上来。

在这次沉船的灾难中，幸存下来的人都说那个唱歌的姑娘是他们心目中的天使，她的歌声在他们最悲观最难熬的那一段时间里给他们增添了精神与力量，使他们不至因疲劳而永远睡过去，也不至因寒冷而放开抱着的救命圆木。

以嘲弄的眼光看待人生，是最颓靡的。

——罗斯福

中国人，你的信任去了哪里

葛红兵

陌生人是"大灰狼"？

上海有个调查，上海居民仅有不到2%的受访者表示会让陌生人进家门。

这是什么意思呢？是人与人之间的不信任。98%的受访者倾向于认为"陌生人"更大的可能是"坏人"。或者直白一点儿说吧，"陌生人都是坏人。"

这种把陌生人看做"大灰狼"的想法，是怎么植入到大伙儿的脑壳里去的呢？

成年人都有自己的判断吗？没有。他们是被媒体的各种报道吓坏了，媒体报道一个"陌生人"的大灰狼故事，他们就将

智慧箴言

信任不应该只存在于熟识的人之间。它是一种精神财富，就像快乐一样，一份快乐与别人分享，就会变成两份，甚至更多份。选择信任身边的陌生人，其实也是对我们自己的一种考验。

其放大成 98% 的陌生人都是大灰狼。

少年人呢？他们被灌输得非常可怕。因为他们从小就被教育成了这样的人：不相信陌生人的人。

我不知道我们这个国家的未来会是什么样子。

我看到的是以前我们把自己和邻居、朋友、同事以及所有自由人都看做是好人，所以，我们只是把坏人关进监狱，而监狱外的，我们倾向于认为都是好人。

1995 年，我还在南京读博士的时候，我上公路招手搭车回南通，还有卡车司机免费让我搭车，现在呢？

现在，我们把自己关在笼子里，装保险门，装防盗栅(zhà)，我们把家武装得像监狱。我们认为这个世界上只有自己是好人。所以，我们把自己关在保险门和防盗栅的后面，而外面的人都是"坏人"。

我们不仅自己这样看，还把这个想法灌输给我们的孩子，让他们也这样看。

他乡反倒似故乡

常常回忆起在英国的时光。我背包旅行，在怀特岛，路上经常看见居民把自己做的蜂蜜、甜点、自产的蔬菜等放在路边，没有人值守，只有一只碗。如果你需要那些东西，只要往碗里放上一镑、两镑，

你就可以把东西拿走了。

这是对路人怎样的一种信任？

在剑桥做访问学者时，常常忘记了带证件。但是，跑到哪儿，我只要说自己是访问学者时，就没有不信任我的。整个剑桥镇，几乎看不见防盗门和防盗栅，家家户户，门就对着街，都是落地玻璃门，院门是象征性的，房门也是象征性的。我在路上走，到处看门牌号，总有人主动出来，问我是不是迷路了。

在怀特岛上旅行的时候，我常常招手搭顺风车。我要说的是，多数开车人会主动问我去哪里，然后绕路送我去。我搭车六次，几乎次次如此。

对于他们来说，我是一个陌生人，而且是一个异国的陌生人。可是他们却没有不信任，相反把信任给了我！

信任——世界上最好的财富

对比一下，在自己的国土上做"陌生人"和在异国他乡做"陌生人"的遭遇，我真的很想问：中国人，你的信任去了哪里？

我想，我们不仅仅要学会提防，也要学会信任。

我在丽江骑马，一个纳西族马夫介绍说，马在路上遇见，有的会互相打招呼。两匹不认识的马相遇，还会互相招呼一下，何况是人呢？同类动物互相遇见，会亲热地招呼，不见得就会互相提防，而我们是人啊！人难道不比动物更聪明，想不出互相信任的法子吗？

信任是一种财富，你拥有它，就先把它分给别人，和别人分享；信任是这样一种财富，只要你不断地施舍给别人，不断地把它送出去，你得到的就越多。

拥有并分享这个财富吧，不要让你在信任的银行里是个赤贫的家伙。

信任一下陌生人，又何妨？要知道我们每个人都是"陌生人"。

亲爱的陌生人，我们相互之间不是不能信任，也不是我们真的就是坏人，不值得信任。只是，我们互相给予的信任太少。让我们把信任银行里的支票兑现出来，互相赠与，那么我们在信任银行里的存款不仅不会变少，相反会更多。

知识频道

扇贝是一种常见的贝类，广泛分布于世界各个海域，以热带海洋中的种类最为丰富。扇贝的贝壳较大，近于圆形，贝壳表面常有放射肋，肋上有鳞片或小棘，扇贝的贝壳颜色鲜艳多姿，十分美丽，可以作为装饰品。

让所有人看到我们的改变

白岩松

改变，危机后更强大

在美国，我近距离接触了那些大亨，如默多克、摩根士丹利、通用的老总等，真正感触到了他们的力量。他们在谈论金融危机时，经常会用到两个最重要的关键词：一个是应对，另一个是改变。而我们谈到这场危机时往往只有一个关键词，就是应对。这是非常大的区别。

金融危机中，美国惨得就如花旗、摩根士丹利、通用一样。在美国，我访问通用老总后，有记者问我：你预测几年后通用将走向何方？我说，破产的可能性大。这是人际交往间的一个判断。我曾经问他们老总："如果破产，申请破产保护对于通用来说是不是最坏的结局？"他给我的答案不是否定的，他说即使申请破产保护后也还有很多可能，一二三四等等。根据这些话，我就能够判断他已经做好心理准备，先奔着不申请破产保护发展，如果申请破产保护了，他也觉得不算太坏。

总结出那些大亨的关键词后，我开始反思美国历史，果真美国在每一次经济危机的历史中都是以更加强大的方式走出来的。1929-1933年的经济危机，全世界印象都很深刻，一时间美国好像乱套了，但走出来的美国变成了世界第一。20世纪80年代美国的经济变得一塌糊涂，日本买了它的帝国大厦，而让人们惊奇的是，美国凭互联网时代走出了经济危机，并且将日本远远地抛到了后面，再次完成了高速的增长、绝对的NO.1和垄断。看到这些后，你将对美国做出如何的评价呢？是不是天天看着美国说：哎呦，瞧瞧美国，可怜见儿的。真有那么可怜吗？不至于吧！所以，我们中国现在应该思考的是，如何能够不仅仅是应对也能改变，我希望走出这次金融危机的中国真正地靠近进步，的确成为世界上最重要的一个力量。

用聪明的方式向世界发出声音

对于这个世界的混蛋，我们坚决要回应，但是这个世界不是由混蛋和好人构成的。如果这样，我们对混蛋施以拳头，对好人给予笑脸就OK了。但事实不是这样。我认为世界上最坏的、最好的人分别占百分之五，其他的都在中间，属于好中有坏，坏中有好的。大部分人

最先朝气蓬勃地投入新生活的人，他们的命运是令人羡慕的。

——马克思

常听身边的人抱怨现今的社会如何如何……但却很少见过有人真正做些什么来改变这种现状，只是在不断的不满中不断地适应着。其实，改变可以从身边的小事做起，小溪终将汇成大海。

节肢动物分为雌性、雄性两部分，而且雌雄个体的形状和大小也有所不同。从幼虫变成成虫，会出现不同的形态变化。雄蜂是由没有受精的卵长大的，这就是奇异的孤雌生殖方式。

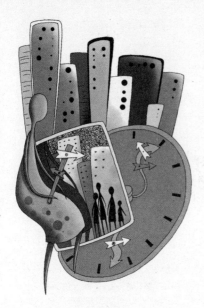

都根据他的生活经历、爱好，或者是因为用了中国的一些东西，增强或减弱对中国的好感。如何去做这百分之九十的人的工作才是最重要的，而且只能用全世界通用的方式去做。

世界上最大的宣传部是美国的好莱坞。你什么时候见过好莱坞生产的产品违背过美国的价值观呢？《拯救大兵瑞恩》把中国人看得热泪盈眶，诠释了哪怕只剩一个人也要去营救的价值观。

必须尊重好莱坞还在于，他们能用你愿意接受的方式，让你花50块钱去受他的教育。美国把所有的文化和价值观藏在产品里面输出，最后以收钱的方式，收回了一个超级大国的感觉。流行音乐、电影、可乐、汉堡诸如此类，所有的都是这样，让你喜闻乐见，然后自动交钱！这就是美国文化的特点，而我们呢？

所以更聪明、更理性地发出自己在这个世界的声音，是我们这一两代人必须做的。我们不能再唱高调了，包括在座的各位，在宿舍里聊天的时候都特别人性化，语言特别有魅力，可话筒往你前面一伸，马上就是党八股。90后都上大学了，但你以为各位很前卫吗？有些方面是很前卫，但很多时候不是。以我的观察，我们传媒系统写出八股文章的好多都是80后。我就纳闷了，这么年轻怎么跟爷爷们用的文风是一样的呢？这是我不能接受的，我认为我们每个人都有职责去改变中国的公共话语。

极其单调的生活，能够使人丧失生存下去的兴趣与勇气。

——狄更斯

10 万美元的遗弃猫

尹玉生

我一直都喜欢猫。但直到 9 年前，我养的猫一直都在因各种疾病和不幸事件而离开我。从那时起，我就决定，下一只宠物猫，我只让它在室内生活。

这时候，奥利弗走进了我家。我姐姐在兽医站工作，一天，她打电话给我，让我到她那里去看一只 6 个月大的小猫，它被人遗弃在了兽医站。他们费了很大的劲儿也没找到它的家。我姐姐决心再给它找一个好主人，因为它深深触动了我姐姐的心：这只小猫是被主人带来献血的，在献血过程中，它主动伸出了它的前爪；在抽血过程中，它竟然没有任何缩回爪子的举动。

我来到兽医站，在 30 秒内，我就喜欢上了它。这只小猫个子很小，茸茸的黑

智慧箴言

正如力的作用是相互的一样，人和动物间的关系也是相互的，而维系着这种关系的就是爱的力量。所以，如果爱，请真爱。因为在动物面前，我们不仅是施予者，更多的也是索取者和接受者。它们带给我们的东西是无法用物质来衡量的。

色毛发外面像是套着一件白色小褂，圆嘟嘟的小脸，一双金色的眼睛炯炯有神，既威严又惹人怜爱。它让我立即想起了狄更斯的《雾都孤儿》中的那个可怜又可敬的孤儿奥利弗，我要让小猫像孤儿奥利弗一样从此过上好生活。我返回了家中——当然是和小猫奥利弗一道。

　　但是，奥利弗似乎并不愿意做一只只能呆在室内的猫。它在门边哭丧着脸，无论什么时候我们打开房门，它都试图跑到室外。经过多次家庭讨论，我们决定为它建造一个室外场所，一个能让它安全度过白天的野外花园。在我父亲的帮助下，我们在屋子附近的一块土地的四周和上方围起了轻质铁丝网；在网内，有草地、灌木、花儿、食品、水、玩具。奥利弗喜欢这里，它优哉地躺在草地上晒太阳，追逐小虫，看着天上的鸟儿飞来飞去。

但这并没有结束，没有！奥利弗常常张望着网外的那方空地。倘若我们将它的野外花园扩大，为它吸引来更多的动物供它观看，那岂不是更加美好？于是，我读了很多有关的书籍，并到一些苗圃、花园参观，不断充实自己的园艺知识。面对自己心中这样一个雄心勃勃的大计划，我多少有些紧张。我是一个害羞的小女孩，但我坚信，没有人见到过这种规模的"宠猫花园"，除了我们自己！

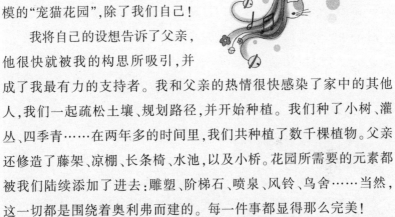

我将自己的设想告诉了父亲，他很快就被我的构思所吸引，并成了我最有力的支持者。我和父亲的热情很快感染了家中的其他人，我们一起疏松土壤、规划路径，并开始种植。我们种了小树、灌丛、四季青……在两年多的时间里，我们共种植了数千棵植物。父亲还修造了藤架、凉棚、长条椅、水池，以及小桥。花园所需要的元素都被我们陆续添加了进去：雕塑、阶梯石、喷泉、风铃、鸟舍……当然，这一切都是围绕着奥利弗而建的。每一件事都显得那么完美！

但这还没有结束，没有！一位朋友向旅游公司推荐了我们的"宠猫花园"，在一个周末，竟有 5 000 人游览了我们的猫园，很多人都深感震撼，不是因为花园的景致，而是因为我们对一只猫的真情付出。此后的数周内，报纸、电视频频采访我，打到家中的电话更是多得接不过来。从那时起，猫园不再是我们的"家庭小秘密"，数以万计的人参观了它。在我熟悉得不能再熟悉的演讲词中，我着重强调的是：关爱你家的宠物。

随着猫园的不断扩大,它吸引了越来越多的客人:小鸟、青蛙、松鼠,甚至还有浣熊、臭鼬(yòu)和鹿。随着猫园的壮大,我也长大了。现在,我已是一名专业级的园丁,还是我们当地花园俱乐部的主席。更重要的是,我们家也在成长,因为一同为这样一个巨大的项目工作,使得我们一家人更加和睦和团结。

那么奥利弗怎么样了呢?从它欢快的跑动、优哉的嬉戏,和更加有神的金色眼睛里,任何人都能看出它的幸福和满足。我们家常开的一个玩笑是:如果将我们种植的数千棵植物,为猫而设置的各种装饰品,以及难以计数的劳动全部换算下来,总价值绝对超过 10 万美元。

所以,我们把奥利弗称为是一只身价逾 10 万美元的遗弃猫。然而,我们家的每一个人,都认为这完全是值得的。因为,它带给我们的启发和回报是根本无法衡量的。

知识频道

蜈蚣也叫"百足虫",我们最常见的一种是少棘蜈蚣,它的身体扁长,头部呈金黄色,长有长触角和聚眼。身体分为 21 节,每节都有一对足,其中第一对足叫做"鄂足",上面长有毒腺,可以分泌毒液。蜈蚣晒干后可以做成药材。

二十岁的人，意志支配一切；三十岁时，机智支配一切；四十岁时，判断支配一切。

——哈代

女儿的信任

庞启帆

一位演讲家带着妻子和 3 岁大的女儿驾车去远方，需要三天三夜才能到达那里。

演讲家的女儿以前从来没有走过夜路。第一天晚上，她对外面的黑暗充满了恐惧。

"爸爸，我们去哪里？"

"去你远方的叔叔家。"

"你以前去过他家吗？"

"没有。"

"那么，你认得路吗？"

"也许。我们可以看地图。"

短暂的停顿。"你会看地图吗？"

"是的。我们会安全到达那里。"

又是短暂的停顿。"在到达之前，如果我们饿了，我们去哪里吃饭？"

"如果我们饿了，我们可以在路边的餐馆里吃饭。"

"你知道路上是否有餐馆？"

"是的，有。"

"你知道在哪里吗？"

"不知道，但我们会找到的。"

第一个晚上，同样的对话重复了好几次。第二个晚上也是如此。但第三个晚上，小姑娘安静了。演讲家以为女儿睡着了，但通过后视镜，他看到女儿仍然醒着，正安静地看着窗外。他不禁觉得奇怪：她为什么不再问问题了？

"亲爱的，你知道我们去哪里吗？"

"远方，叔叔家。"

"你知道我们怎样才能到达那里吗？"

"不知道。"

"那你为什么不再问了？"

"因为爸爸在驾驶。"

"因为爸爸在驾驶"，这句出自一个3岁女孩的话成为了一种力量，在

智慧箴言

　　有时候，我们也会像文中的小女孩一样，只知道我们要去远方，但却不知道远方的路在哪儿。这时，每个人的表现也是不尽相同的：焦虑不安、沉默寡言……其实不管怎样，我们都应该选择相信，相信自己，也相信别人。因为在未知面前，只有信任才能让我们充满希望，充满力量。

后来的岁月里,帮助这位演讲家渡过了一次又一次的难关。是的,我们的父亲在驾驶。我们也许知道目的地(有时候我们也许像小女孩一样只知道这个目的地是远方,而不知道它在哪里,是一个什么样的地方),但我们不知道路该怎么走,不知道怎样看地图,不知道是否能在沿途找到餐馆。然而,小女孩知道最重要的一件事——爸爸在驾驶,因而她是安全的。她知道,她的爸爸会给予她需要的所有的东西。

知识频道

棘皮动物以其独特的形态而得名,以著名的海胆、海参等动物为代表。现存的棘皮动物约有五千三百多种,主要分布在温带、亚热带及热带海洋中,它们或是在海床上固定着,或是漂游在海底。

我认为人生在世,仅此一遭,一个人要有力量和前途,也仅此一遭! 谁不好好利用一番,谁不好好大干一场,那就是傻瓜。

——歌德

让我回到你身边

宁 子

一

7岁之前的记忆里,她只是个坏脾气的消瘦妇人。脸色暗暗的,一说话就皱起眉头,经常和爸爸吵,或者说是她在吵爸爸。爸爸原本就不是个多话的人,从来说不过她。

5岁的时候,我开始洗自己的小手绢、小内衣。读小学以后,就开始洗自己的衣服、刷自己的鞋子。有时候洗不干净,她会拿过去重新洗,但是,她也洗得不是很干净。最后总结说,你外婆就没教会我……

结果,还是爸爸来重新洗。

饭通常也是爸爸做的,还总

世界上有很多东西是无法改变的,就像血浓于水。我们永远没有权利也没有办法选择生养我们的父母,所以请欣然接受吧!无论站在你面前的是什么人,善良也好,泼辣也罢,因为他们都是无条件地、不求回报地爱你的,请做到对他们永远不离不弃!

是遭到她的挑剔。她爱说的话是，"我没出嫁前可是享福的，不能嫁到你们家就当劳动力。我也是上班挣钱的……"爸爸出差，她就简单地煮点儿面给我吃，嘴里嘟哝，"别委屈啊闺女，你妈也不爱吃这个，可是没办法……"

她和我在电视上看到的妈妈不一样，她和别的孩子的妈妈也不太一样。我慢慢习惯了这个脾气不怎么好的妇人，她是我妈，唯一的妈。她在的地方，是我唯一的家。

直到 7 岁的那一天。

二

当时我已经读到一年级。那天她带着我走到住处的楼下，忽然看到楼前的空地上散落着一条漂亮的白底红花的床单，还微微有些潮湿。

她抬头看看楼上，5 层的旧楼，家家都晾着衣物，不晓得是谁家的。然后，她迅速地将散落的床单胡乱裹成一团抱在怀里，说一声，回家。自己先"噔噔噔"地跑上楼去。

我背着书包，低头一步步挪回家去，心里觉得不舒服，很不舒服。

她少有的喜气洋洋，"闺女，一会儿打电话给你爸，让他买条鱼，做你爱吃的红烧鱼。"心里不舒服,但是嘴巴已经馋了。她趁机要挟我,"但是不要跟你爸讲,不然以后再也没有红烧鱼吃。"

我不怕没有红烧鱼吃,但是我怕她跟爸爸吵架,所以,我点点头。

但是就在我们吃红烧鱼的时候,外面传来了敲门声。爸爸去开门,是楼下的张奶奶。她喊我妈,"我就是问你一声,有没有看到我家的床单啊?白底红花的,下午晾在阳台上被风吹落了……"

她不等张奶奶说完赶快摆手,"没有看见,没有看见。我接了妞妞就回家了,什么都没看见,对吧妞妞?"

我躲开她的眼神,张奶奶也在看着我,用另一种眼神。

我又躲开张奶奶的眼神,小声说:"奶奶,我们没看见。"说完,我难过得都快要哭出来了。

三

从那以后,我发现她真的是个自私的人。跟着她去买菜,她跟人讨价还价把菜买好后,却总是会顺手再扯上一根葱、两头蒜……她在阳台上用盆子种了很多小蒜苗、小茴香,每次浇水,水都流下去弄脏楼下邻居们晾晒的衣物。起初有人上来找,可是没有人吵得过她,她吵架的功夫是天生的。

于是大家对她忍气吞声,她更得寸进尺,连楼道的公共地方都变成我家的私人空间,摆满我们家不穿的旧鞋子或者煤块和其他不用的物品。

小区里,有几个孩子和我一起从幼儿园读到中学,其中和我最要好的是燕子,我们每天都一起上学。可是那天早上等了好半天,我没有在门口等到燕子,眼看要迟到了,我跑到她家楼下喊她。

喊了半天,燕子的姥姥探出头来,燕子已经走了,以后你不要等她了,你们也不要一起玩了。说完关上了窗子。

我跑去学校问燕子。燕子低着头沉默半晌,"我妈不让我和你一起了,她说我跟着你会学坏的,会变得跟你妈一样。"在我的追问下,燕子告诉我,前两天我妈骑车差点撞到燕子的姥姥,人家说她几句,她却说难听的话,对着一个老人……所以……

我跑回教室放声大哭。

那天回到家里,我和她大吵了一架,最后还是以我的失败告终,她指着我的鼻子说,有本事别让老子养,自己养自己去……

14岁,我知道我还没有那种能力。

四

终于读完高中,考上大学。拿到录取通知书那天,她几乎发疯,嗓子都喊哑了——我背着她报了离家 1 000 公里外的重庆的一所大学。总之,她认定她养了一个白眼狼。我一句话不说,忍受她最后的无理宣泄。

开学,坚决不让她去送。她却坚决去送,扬言如果不让她去,就把我的通知书撕了。最后还是我妥协。于是她扛着行李跟着我千里迢迢地抱怨了一路。

报完到,找到宿舍,看到我的名字被贴在上铺,她二话不说扯下来跟靠窗的下铺做了调换,欺负我闺女,没门！

我冷漠地看着她，然后在和她出去吃饭的时候，又偷偷把名字调换过来。

待了两天，她终于走了。其间不断向我传授如何不受别人欺负的经验，甚至没有发觉我满脸的不屑。送她上火车后，我对自己说：我不会做她那样的人，决不。

五

我是宿舍打电话回家最少的一个，宁肯把电话打到爸爸单位。时间长了，她就把电话打过来骂我没良心。我拿话堵她，电话那么浪费钱，你们供我读书不容易，省一点儿是一点儿。

大学四年，别的同学每年有两个长假，我只有一个，而且每次只

在家里住几天，就以打工为名早早离开。

她已经左右不了我，连声讨的声音都渐渐淡弱下去。过了50岁的她，依然是暗暗的脸色，说话的时候皱起眉头，但是明显，发脾气的底气不足了。那天在超市买东西，食品区，禁尝食品，她习惯性地顺手拿了往嘴里塞，我一把夺下来放回原处。

"妈，你能不能注

意点儿素质。"

"你个"——她抬起手,忽然发觉站在她面前的我,已经比她高出半头。颓然把手放下,嘟哝一句,"翅膀硬了是不是?"

没错,我的翅膀硬了,硬到根本无须再畏惧她。临近毕业,好多同学开始联系家乡的单位,我却把简历投往更远的地方,铁了心要在没有她的天空底下轻快地生活。我的目的地是广州,已经接到那边一家公司的面试通知。

六

动身之前,回了趟家。

我的选择,爸爸无言,而她的暴怒在我意料之中,我不同她计较。她发了半晚的脾气,终于累得睡着,第二天硬扯我去超市买东西。她要买一些日用品让我带着,因为她觉得广州那边东西贵。

一声不吭地拎着大包小包跟她从超市走出来,经过一个路口,已经亮了黄灯。她却要过,我伸手去拉,没拉住,她朝前迈了几步,一辆电动车从右边飞速而过,车身擦到她,她一个趔趄摔倒在地。

我赶忙去扶她,她已在地上破口大骂。骑车那人在几米之外一个急刹车将电动车停在路边折了回来。面目凶悍的中年男人,根本不吃她那一套,反倒张口斥责她过路不看红绿灯,不遵守规则,活该!

我本也知道她不对,可这男人的话却让我觉得那么刺耳。我走过去和这个比自己高出一头的男人争辩起来——也许她不对,可她已经被撞倒,男人这样的态度也太过分了。

男人毫不讲理,话说得始终难听,和她对骂着忽然握起了拳头。

我一把将她拉到身后,怕他伤到她,鬓角已经生了凌乱白发的她。我挡着她,横下心来如果男人动手,我替她挨。

旁边有人将他拉开,更有人打了110。警察很快过来,问明白情况，先是训斥了他，然后确认她没有伤到，劝说我们各自回去。其中一个年轻警察低声对我说，"你也说说你妈，以后要注意点儿，这样多危险。"

我拉她走，她的腿趔趄（liàng qiàng）了一下，还是跌倒了，虽然是皮外伤，但一定是痛的。她踮着脚边走边说，"你妈老了，什么人都敢欺负我，要是以前，跟他拼命……"

她絮叨着，毫无察觉紧紧搀着她的我，已经流了满脸的泪。

没错，她老了，依然没有改变自己的性格，依然不讲道理、蛮横、霸道……正是因为这样，我才要远离她。可是就在这一刻我忽然醒悟，如果我离开她，如果连我都不要她，那么，还有谁能宽容她、爱护她？

是的，她不是个崇高的人，她也不是个太合格的母亲，可是这天底下，不是每一个母亲都天生崇高、无私、伟大，也有像她这样的。但是不管怎样她都是我妈。她把我带到了这个世界上，为此她不介意全世界疏远她，她以为此生有我可以依赖。

而我，这些年，却一直都在嫌弃她、抱怨她，从未想着如何慢慢改变她，一心想要远离她、抛弃她。作为母亲，她有她的不足，作为女儿，我有我的自私。我承认当我目睹她被伤害的那一刻，一种从未有过的疼痛，袭击了我做女儿的心。那么彻底。

七

下午，我给广州那家公司打了电话，告诉对方我不过去了。我已经决定了，回来，回到她身边来找份工作，陪着她。现在，她在老去，而我正变得强大，我会努力用我的爱慢慢改变她。因为我是她的女儿，我必须这么做！

人固有一死，或重于泰山，或轻于鸿毛。

——司马迁

艾森豪威尔的抉择

汪 书

二次世界大战中的一天，欧洲盟军最高统帅艾森豪威尔从法国某地乘车返回总部，参加紧急军事会议。

那天大雪纷飞，天气寒冷，汽车一路疾驰。

在前不着村后不着店的途中，他忽然看到一对法国老夫妇坐在路边，冻得瑟瑟发抖。

艾森豪威尔立即命令停车，让身旁的翻译官下车去询问。一位参谋急忙提醒说："我们必须按时赶到总部开会，这种事情还是交给当地的警方处理吧。"艾森豪威尔说："如果等到警方赶来，他们可能早就冻死了！"

经过询问才知道，这对老夫妇是去巴黎投奔儿子的，但是汽车却在中途抛锚了，在茫茫大雪中连个人影都看不到，正

智慧箴言

善良是一种爱的光辉，是对别人的帮助，也是对自己的善待。就像艾森豪威尔那样，因为一个善念躲过了一场灾难。他的举动不仅救了那对老夫妇，同时更救了自己。可见，于己于人，善良都是一种智慧，是一种远见，是一种精神的力量。

不知如何是好呢。

艾森豪威尔二话没说，立即请他们上车，并且特地先将老夫妇送到他们巴黎儿子的家里，然后才赶回总部。

此时的欧洲盟军最高统帅没有想到自己的身份，也没有俯视被救援者的傲气，他命令停车，只是出于人性中善良的本能。

然而，事后得到的情报却让所有的人震撼不已，尤其是那位阻止艾森豪威尔雪中送炭的参谋——

原来，那天德国纳粹的狙(jū)击手早已预先埋伏在他们的必经之路上，希特勒认为盟军最高统帅死定了，但狙击却流产了。事后他们曾怀疑情报不准确，但希特勒哪里知道，艾森豪威尔为救那对老夫妇，临时改变了行车路线！

知识频道

棘皮动物的骨骼为内骨骼，由一些钙化的小骨片组成。这些骨片形态各异，或长成关节，如海星、海百合；或像一个水瓶胆长在一起，如海胆；或分布于体壁中，如海参。棘皮动物的小骨片常常突出体表，形成粗糙的棘皮。

一个人从另一个人的谏言中所得来的光明，比从他自己的理解力、判断中所得出的光明更干净纯粹。

——培根

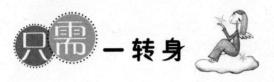

只需一转身

段奇清

南非的沙比亚丛林，至今还生活着一些相当古朴的西布罗族人。他们几乎从不劳动，故而有人称他们为"不劳而获"的人。其实，这并非是对他们不恭，而是对他们过人智慧的一种赞扬与推崇。

据说很早以前，沙比亚丛林除西布罗人外，还生活着另外两个部落。那里野兽成群，人们受到野兽的巨大威胁。

其中一个部落，每当野兽袭来时，所有人都拼命逃跑，可他们哪里能跑得过豺狼虎豹那些长足迅捷的野兽？然而，他们还是选择了奔跑逃命，因为他们中绝大多数人认为，只要自己能跑在前面，至少能够侥幸逃过那一劫。这样以牺牲跑得慢的族人为代价换取一时苟安的想法，最终导致这个部落的人从沙比亚丛林彻底消失。

智慧箴言

　　南非沙比亚丛林中的西布罗族人的故事告诉我们一个道理：牺牲弱小或者一时的躲避都不能从根本上解决问题，只有吸取他人失败的教训，充分运用智慧，才能真正在这个残酷的现实中适应和生存下去。

还有一个部落的人似乎更糊涂，面对野兽的入侵，他们往往藏匿在树丛中，尽管也能侥幸躲过，可许多人是躲得了一时，却躲不过一世。久而久之，这个部落的人也都成为野兽们的腹中之物。

西布罗族人最初与这两个部落的人一样，但慢慢地，他们吸取到了一些教训，寻求到一种对付野兽行之有效的方法。原来丛林中有一块湿地，他们将湿地的边缘挖空，然后填充上泥沼，逃跑时就向湿地方向奔去。到了湿地边沿的时候，他们会蓦然转一个弯儿，那些狂奔猛赶的野兽，因其自身那股极大的惯性，往往一下子就冲进了泥沼中，等待它们的当然只能是死亡与腐烂。

而后，西布罗族人认为与其让这些野兽烂在泥沼中，不如将其弄出来作为食物。但是怎么能靠近它们呢？

后来，西布罗族人想到了一个好办法。他们在定居地不远处铺上一层厚厚的胶泥，让这些胶泥面积达到一亩左右，然后在上面放上一只鸡或是一只兔子。

凡是那些爱吃肉的动物，只要它们来到丛林，没有不被兔子或鸡吸引、一步步走入泥沼的。它们开始也会挣扎，可越挣扎陷得越深，然后又引来更大的一些食肉动物。几天之后，泥沼中就会被许多猎物点缀。这时，西布罗族人抬来一块块木板，铺在胶泥上，将猎物一一收入囊（náng）中。就这样，西布罗族人完成了由自己是被追逐的猎物而将对方变成猎物这一角色的转换。

也就是那一转身，从此他们就获得了在沙比亚丛林生存下来的权利。

一个人光溜溜地到这个世界来，最后光溜溜地离开这个世界而去，彻底想起来，名利都是身外物，只有尽一人的心力，使社会上的人多得他工作的裨益，才是人生最愉快的事情。

——邹韬奋

为退路作准备

胡洗铭

一个年轻人要去征服高山。临行前，去向登山好手请教应该带些什么东西才好。

那位好手告诉他，如果是攀登路径不熟的高山，除了必备的指南针，还应该有一把小刀、一捆绳索、一盒用塑料包好的火柴、一点儿盐巴、一块儿透明塑料布和一个哨子。

年轻人觉得没必要，这位好手对他说："这些东西大多数不是为你的前进准备的，而是预备你的退路。'有退路'是必要的条件。

"小刀，在前进时可以切割猎物，削竹成剑；被毒蛇咬伤时，可以用来将伤口切成十字，以便吸出毒血。

"绳索，在前进时可以帮你攀爬；在朋友遇险时，可以用来营救，在编制

智慧箴言

一个人在前进的路上，即便成果可喜时也不能沾沾自喜、骄傲自大，而是需要时时为自己的退路有所考虑，"有退路"是当你遭遇失败后重整旗鼓的必要条件。我们都应该学会对已知的环境作进一步的考虑而对未知的环境作退一步的打算。

担架时，可以捆绑。

"火柴，前行时，可以引火煮食；遇险时，可以取暖，熬过山上寒冷的夜晚。

"透明的塑料布，前进时，可以遮雨；困在深山时，可以御寒；缺水时，可以用它来收集地面的水汽。

"盐巴，前进时，可以烹调美食；困顿时，可以消毒和补充体力。

"至于哨子，前进时可以用来招呼队友；喊不出声音时，可以让救援人员找到你。"

在人生的路途上，前进固然可喜，后退也未尝不可。最重要的是，在前进时知道自制，免得只能进而不能退；后退时则要知道自保，使得退去重整之后，能够东山再起。

知识频道

脊索动物约四万余种，是动物界中最高等的一门，它们的共同特征是身体背面存在一条中轴骨骼——脊索。脊索动物又分为尾索动物、头索动物和脊椎动物三类。

人生的意义在于付出而不是索取。

——张洁

武岩纸贵

侯拥华

少年酷爱书法，十四五岁时，就已达到为他人撰写碑文的水平。为提高书艺，少年决定拜访名师。很快，母亲在城外访得一位世外高人。此人须发已白，然精神矍（jué）铄，气度不凡，书艺更是卓尔不群。少年决定亲自去拜访大师，在母亲的叮咛声中，他独自上路了。

一路跋涉，他见到了传说中的老人——武岩法师。他简单说明来意，又将作品拿给法师看。法师只瞟了一眼，就说："你还不会写字，回去吧，好好练练再来。"听了这话，少年的泪水几乎都要涌出来了，但这更激发了他拜师学艺的强烈决心，他恳求法师再考虑考虑。

老法师思忖了一下，终于松口："你要拜我为师可以，不过有一个条件。"

"什么条件？"少年急切地问。

"你到我这儿

智慧箴言

人们往往对容易到手的东西不懂得珍惜，武岩法师将一个少年培养成一位书法大家的经历告诉我们：对于学习机会以及我们身边的事物都要懂得珍惜，只有珍惜了，才会真正用心，才会取得成功。

学字,笔墨我供应,不过纸钱你出。你的纸张不行,写字要用好的宣纸。"

少年高兴得点点头,一毛二一张的宣纸,咬咬牙,家里还是供得起的。老法师似乎看透了他的心思:"一毛二的纸不行,我的宣纸好,五块钱一张。每次来,记住带钱。"两块钱一袋面粉,五块钱就是两个月的生活费呀!

少年异常矛盾。如果就此放弃,就错过了一次绝好的学习机会。可是,家里怎能承受得起这么高的学费呢?少年和母亲合计一宿想出一个折中的办法——只去两次,摸摸窍门儿,毕竟老法师轻易不收徒。

少年拿着省吃俭用积攒下来的五元钱又上路了。一路上,少年都在盘算如何将老法师的手艺学到手。

到了古庙,老法师收了钱后开始教学:"今天我们只学一个字,看好了,我不写第二遍。"少年睁大眼睛,生怕遗漏任何一个细节。只见老法师轻轻蘸(zhàn)笔,缓缓落下,眨眼的功夫,一个端庄秀美的汉字就跃然纸上。写完后,老法师取出一张纸,对折成六等份,裁开,取出一张,交给少年,说:"去练吧。"

少年大呼上当——这张宣纸和一毛二的没什么两样,而且还只是它的六分之一。少年有气,嘴上却不敢说,只得老老实实地坐在一旁写。

他握笔许久，就是没敢落笔——这一落笔，五块钱可就没了。过了一会儿，老法师走过来，发现他还没有写，骂道："你怎么不写呀？今天的授课时间到了。告诉你，只能在这儿写，回家可不许写！"

你说不写，我就不写了？少年飞奔往家赶，一路上都在回想老师写字时的样子，思索老师写字的要诀。

少年一进家门，就找来纸笔。一落笔，立刻惊住，怎么和老法师写得一模一样？端详半天，又觉得不像了。为了验证自己的想法，他开始盼望着下一次上课早点到来。

第二次，少年又揣着五块钱飞奔而去，一到古庙，就迫不及待地让老法师再写一次。当法师把字写出来后，记忆中迷惘的地方，一下子豁然开朗。少年再轻轻落笔时，一个端庄有力的字跃然纸上，他兴奋地忙拿去让法师看。

少年被法师的教学方法征服了，他决定跟随法师学艺。虽然每次还是五块钱，但少年已经不再想这个问题了。半年过去了，他从老法师那里学习了篆、隶、楷、行、方、圆、正、侧各种笔法，还俯览了中国书法的各种风格流派及笔法奥妙。最后，老法师把他叫到身边，说："你学书已成，下山吧。"

后来，少年才从母亲口里得知所有真相，原来第一次交的五块钱学费，第二天就被法师偷偷送了回来，半年时间，老法师没有收过一分钱，只是那五块钱在三个人手中辗转往复着。

文中的少年，多年以后成了一位书法大家，他就是欧阳中石。

功成名就后的欧阳中石回首往事，不无感慨地说："我的这位老师，不但书法好，而且懂得教学法——轻易得到的东西，人们往往不珍惜，对学习机会也是一样。"他说的正是武岩法师的五块钱"学费"，这使他一生受益无穷。

原来成就了一代书法巨匠的，只不过是一个"惜"字而已。

在二十岁时不美丽，三十岁时不强壮，四十岁时不富有，五十岁时不聪明的人，他将永远不会美丽。

——赫伯特

百万"遗产"

姚法荣

索非亚的丈夫开了一家作坊，生意刚刚走上正轨，二战就爆发了，战火殃及到丹麦，哥本哈根转眼就要沦陷。索非亚收拾好东西，等丈夫回来一起逃命，可直到晚上8点，还不见人影，她焦虑万分。

突然，门"砰砰砰"响起来。索非亚急忙过去开门，外面站着一个陌生人。陌生人塞给她一样东西，说："夫人，我很难过，您先生遇难了，这是他的遗物。"索非亚悲痛万分，陌生人告诉她，她丈夫是为了掩护工人撤离时牺牲的，德国人快要攻城了，她得赶快走。索非亚不敢怠慢，拿了东西，抱着儿子，加入了逃亡的大军。

5年后，丹麦解放，索非亚带着孩子重返哥本哈根。母子俩无依无靠，生活异常艰辛。一天索非亚忽然想起了丈夫留

智慧箴言

唯有心灵的银行，装载的不是巨资，而是胜似巨资的暖暖人情。这份用爱与生命铸就的"遗产"比金钱更有力量，因为它体现了人格的尊贵与高尚。

下的东西。她找来铁盒，打开一看，里面放着一张小纸条：瑞士银行，115号保险柜。纸条下面还有一把钥匙。索非亚很奇怪，第二天带着孩子去了瑞士。

来到银行，打开保险柜。保险柜里有一封信，还有一本存折。丈夫说，他瞒着她参加了护国自卫队。他怕自己万一有个闪失，所以派人在瑞士银行开了户存了钱，以供他们母子俩日常生活所需……看着信，索非亚泣不成声。经理帮她查询了一下余额，问："夫人，里面有100万法郎，是否全部取出？"

"100万？"索非亚一怔，丈夫哪来这么多钱？见索非亚一脸茫然，经理说："当初您丈夫开户时存了10万法郎，这5年来，陆陆续续又存了不少，本金加利息，正好100万了。"

"陆陆续续存钱？"索非亚十分吃惊，"可我丈夫早在5年前就过世了啊！"

经理也很好奇，他找来了所有的存款纪录，丹麦、瑞士……存款人竟来自不同的地方，达三十五人之多！

索非亚辗转找到了那些存款人，原来他们都是丈夫先前救的犹太籍工人。那天，眼看纳粹就要攻进哥本哈根了，丈夫组织他们撤退，不幸中弹身亡。他们感恩于心，战事好转后，曾来找过他们母子俩，可是没有找到。无意中，他们想起了那本存折，就开始自发地往里面存钱，五年来从未间断过……

战争刚刚结束，大家生活都不容易，索非亚想把钱分还给大家，但被拒绝了。这时，她想起了丈夫的遗愿，就办了一家工厂，将以前的工人全部安置进来……

当一个人能把自己的一切献给社会的时候，这就是最有意义的一生了。

——张海迪

天地 宽于容人处

清风慕竹

西汉末年，南阳人卓茂出任密县县令。卓茂精通儒学，思想通达，生活恬淡，从不喜欢跟别人发生争执。

上任后，他也以此作为执政的基本理念，与人为善，以德育人。不料有一天，他在县衙接待了一个上访者，令他多少有些为难。

来人举报说，他所在地方的亭长收受了他送的米和肉。卓茂一听，这个人真有点奇怪，既然送人东西，怎么又来告发人家，这不是栽赃陷害吗？而他告发的这个亭长在卓茂印象里还不错，是个好官。到底是怎么回事呢？为了弄清情况，卓茂让左右退下，与上访者单独相对。

"你这次送礼是亭长向你索要的，还是你主动送给他的？还是平时

智慧箴言

卓茂能够从一个小小的县令升至太傅，并被皇帝封为"褒（bāo）德侯"在历史上是罕有的，究其成功原因是源于他有宽广的胸襟，有一颗能容人的仁爱之心。我们生活在这广阔的世界中，每个人都不是离群索居的，只有彼此友爱宽容、尊重爱戴，才可与人和睦相处，相敬如宾。

你们相处得很好，他给了你什么恩惠，你才送的呢？"卓茂语气平和地问他。

"都不是，是我送给他的人情。"这人回答说。

"这就怪了，那你为什么反过来又要告他呢？"

那人说："因为想求他以后对我好一点，才送东西给他。后来，我又听说，官吏不准从老百姓那里收受东西，所以才来告他。"

卓茂的表情凝重起来，他正色说："你这样讲，就太不明白人情世故，太孤陋寡闻了，人之所以比禽兽高贵，就是因为人人皆有一颗怜悯万物的仁爱之心，知道人与人之间要相互尊重，相互爱戴。同一乡的乡绅士族、寻常百姓尚且互致馈赠，何况官与民呢？这正是人与人的情义呀！当然，当权者不可以权势凌人，向百姓强夺豪取。人生活在这广阔的世界之中，或者群居一地，或者散居四方，靠什么来使人与人和睦相处、相敬如宾呢？就是靠礼义仁爱呀！你状告的那位亭长是位好官，年终时送他一些东西，这符合圣人所提倡的礼呀！"

那人有些不解，说："既然如此，那么法律为什么还要加以禁止呢？"

"律条的设定要合乎大的准则，礼制的设定要合乎人间真情。今天，我用礼来教导你，你必定没有怨恨；要是用法律来惩治你，和处置自己的手足有什么不同呢？"停顿了一下，卓茂又继续劝导他说，"人生在世，群居

杂处，心胸要宽阔一些，你还能远走高飞，不在人间生活吗？回去以后好好想想吧。"

那人听了，惭愧地低头走了。回过头来，卓茂又把那位亭长找来，晓之以理，动之以情，批评了他的行为，又嘱咐他不可因小失大，怎么能因一点私得而坏了名声呢？亭长心悦诚服，郑重向卓茂道了歉。

自此，百姓都听从卓茂的教诲，而属吏也感怀知遇之恩，胸怀为之开阔，都不再斤斤计较于个人小小的得失恩怨，上下齐心，密县被治理得夜不闭户，东西掉在路上都没人捡走据为己有了。

卓茂叫人互相友爱宽容，发生在他自己身上的故事更是为世人所津津乐道。

当初他在丞相府为官，有一天，他下班刚从府衙里驾车出来，就被一个人拉住了缰绳，口口声声说那匹马是他的。卓茂问他："您的马遗失多久了？"那人答道："大约一个月！"其实这匹马已经跟了卓茂好几年了，他知道那人肯定是认错了，但他还是把马解下来，送给对方，临走时，回头对那人说："如果您发觉它不是自己的马，劳您的大驾，请到丞相府把马还给我。"然后，自己拉着车子回了府。不久，丢马的人在别处找到了自己的马，便去了丞相府，把马还给了卓茂，并叩头谢罪，卓茂也毫不怪罪。丞相孔光听说了，非常钦佩卓茂的心胸，称他为"长者"。

到东汉光武帝登基时，卓茂已经七十多岁了。由于景仰卓茂在密县的所为，光武帝下诏召他入京，任他为太傅，封为褒德侯。卓茂一个小小的县令，并没有做出惊天动地的大事，却官至封侯，的确是历史上所少有的。古人说宽广的胸襟接近于仁爱，卓茂的成功就源于此吧。

知识频道

　　鹈鹕(tí hú)有一张又大又尖的嘴，下颌有一个巨大的喉囊，可以用来兜捕或暂时储存食物。在哺育幼鹈鹕的时候，鹈鹕会在喉囊里储存大量的鱼，以供幼鹈鹕食用。

用生命的火焰去点燃人生思想的灯。

——高士其

价值感没有标杆

郭韶明

朋友在自己的领域里可谓精英,年纪轻轻就是主管,月薪好几万元,却心有旁骛(wù),觉得领域之外的事情才是真正感兴趣的,比如修理东西。家里两把沙滩椅,他修了三四次,互相换钢管、换螺丝、换椅面,不亦乐乎。女儿玩具坏了,他也会立即补救,尽管做这些事情的时间成本早已超过了再买一件的支出。但他认为这样做"值得",每每说起这些,就有掩饰不住的成就感。

而工作,这个每天花他四分之三精力的东西,却让他觉得根本"不值得"花什么心思。名片上堆砌的别人看来是"成就"的东西,在他看来无非是工作的"副产品"而已。

想起"不值得定律"。

智慧箴言

同一件事情,在不同人眼里,兴奋度不同;在不同的处境下去做,感受也是不一样的。每个人在评判"值得"与"不值得"时,心中都有一套自己的价值标准,这与自身的价值观、个性气质和现实环境有关。所以,当我们遇到无从选择的事情时,请听听内心的"值得"与"不值得"吧,相信你会做出不留遗憾的选择。

一个人如果做的是一件自认为"不值得"的事情，往往会持冷嘲热讽、敷衍了事的态度。一般而言成功率会比较低，就算成功了，往往也不会觉得有多大的成就感。

伦纳德·伯恩斯坦也有这样的苦恼。

伯恩斯坦是世界著名的指挥家，但最倾心的却是作曲。他很有创作天赋，曾创作出一系列不同凡响的作品。就在伯恩斯坦在作曲方面收获颇丰的时候，他的指挥才能被当时纽约爱乐乐团指挥发现，力荐他担任乐团的常任指挥。

伯恩斯坦一举成名。但内心深处，他更热衷于作曲。"我喜欢创作，可我却在当指挥"，这个矛盾一直在折磨着伯恩斯坦。虽然闲暇时还会找时间作曲，但阻挡不住的是，他的乐思渐渐枯竭。

我想，我的那位精英朋友，需要重新考虑一下自己的事业究竟值不值得再做下去。

不久前遇到另一位朋友。

一个从小养尊处优的女孩，毕业坚持留在北京，既没户口又居无定所，每天挤车三个小时上下班，月薪不到 2 000 元，不仅"月光"，每月还需要老爸接济。她要是在山西老家，早就有房有车坐办公室了，哪里需要现在这样？

外人都说，何苦？她却觉得自己很"值得"。

在她心里，留在北京是唯一"值得"的事情。时尚就在眼前，新闻就在身边，这里就是全国的心脏，其他任何地方只是以此为圆心，半径不一的同心圆而已。而回老家，进机关那些事情，根本"不值得"去做，即使勉强自己去做，也体会不到什么快乐。

讲了这么多"值得"与"不值得"，你会发现，其实究竟"值得"还是"不值得"不是外人说了算，也不是社会普遍价值体系说了算，而与自身的价值观、个性气质和现实处境有关。

同一件事情，在不同人那里，有不同的兴奋度。

比如，有人觉得从事金融行业很光鲜，有人可能苦闷不已，有人觉得图书管理员很无聊，有人却乐在其中；有人觉得长跑很痛苦，有人却非常享受；有人觉得古玩市场很有意思，有人却觉得一堆废物早该当垃圾了……

同一件事情，在不同的处境下去做，感受也是不一样的。

比如出差，作为小字辈不得不出去，与作为领导被盛情邀请，辛苦程度相同，心理感受却大相径庭；同样是杂务，秘书觉得是不值得的小事，老板却觉得是树立自己形象的有意义的事……

每个人的心中，都有一些自己标定的"值得"与"不值得"吧。如果是主观上认定不值得的事，就算披着光鲜的外衣、前途远大，自己也会觉得味同嚼蜡；而在自己认为值得的事情上，哪怕是用西瓜换芝麻，也会感到很快乐，并认为每一个进展都很有意义。

价值感没有标杆。很多事情，一旦有了意义，即使琐碎，也会变得有价值。

可以在内心作一个权衡。一件事情，如果让你产生疲劳，先寻找一下它的意义，如果找不到，索性放弃；一件事情，如果让你兴奋无比，就算别人觉得毫无价值，也不妨坚持下去。

只有这样，当你晚年回想起年轻时所从事的事业时，才不会心存遗憾。

人生应该如蜡烛一样，从顶燃到底，一直都是光明的。

——萧楚女

你的位置不等于领导力

俞敏洪

当人遇到困境时，采取的态度决定了他是否能反败为胜。困境通常不能一下子摆脱，所以采取的第一态度是耐心等待，困境就像开车前后被堵，再着急也没法扛着车出去；其次是要淡化困境并从中受益，就像周文王被囚羑（yǒu）里著《易经》；最后是永存希望，寻找机遇。

我有一个比喻，困难就像一条狗。当你遇到狗时，如果勇敢迎着它走过去狗就会怕你，如果转头就跑狗就会追你，说不定还咬你。狗的天性是你不怕它它就怕你，你怕它它就追你。困难也一样，迎着困难前进，通常困难就能解决，如果往后退，困难可能就会把你压倒。在困难

智慧箴言

　　一个人遇到困难时不可输了斗志，被困难压倒，而是需要不断进取，积累自己的能量，永不言弃。我们对于事业和成功的追求要有决心，但也不可一味蛮干，要善于把握世界发展潮流的大方向，同时也要把握努力的目标这个小方向，只有两者相结合才能取得最终的胜利。

面前不能输了斗志。

时势造英雄，比如刘邦和朱元璋，如果在和平年代的基本上没有他们玩的份儿；但并不意味着和平年代就不出能人。不同的人在不同的环境展示不同的能力，和平年代比较容易出文学家和科学家，比如李白、苏东坡、张衡；也出政治家，比如王安石、张居正，他们为时代增色，也是人杰。

只有在遇到危急情况或险峻山路时，才能看出司机的反应速度和驾驶技术。同样，在一切都顺利的时代很难看出一个人的真正能力，一个人的能力在处理危机事件和紧急事件时最容易体现出来。

有一句话说，一个人的才能就像怀孕一样，时间久了自然就看出来了。这句话只说对了一半。一个人的才能要想被社会所用，除了拥有才能，还要有向社会推销才能的本领，要懂得营销自己。否则就算你怀孕了别人也不一定会看见。当然没有才能到处推销，就像放个枕头在衣服里装怀孕一样，最终会让人发现是草包一个。

一个人需要不断抛弃，我们需要抛弃过去的失败，也需要抛弃过去的成功。抛弃过去的失败，是因为失败就像黎明前的黑暗，不抛弃就没有阳光灿烂；抛弃过去的成功，是因为成功就像攀登上一座山，如果你迷恋此山风光，就没法攀登下一座更高的山峰。

不要用我们的现在判断我们的未来，现在倒霉不一定以后倒霉，现在精彩不一定以后精彩。有人青春得意，有人中年灿烂，有人老年辉煌。生命总会有各种各样的起起伏伏，但精彩的生命有一点是共同的，就是从来没有放弃过自己。

尽管我们常说为自己活着，但实际上我们都是通过别人的眼睛看自己的形象。一个从来没有得到承认的人，很难产生对生命的热情。我们穿衣打扮或者努力学习工作，不仅是为了实现自我，也为了成为群体中被认可的一员。假如周围的人消失了，你会发现正在做的事情大多失去了意义。我们为自己活也为别人活，挺好！

有人经常把自己坐的位置等同于领导力，在某个位置上呼风唤雨，觉得自己无所不能，等到一旦从位置上下来，却发现门前冷落车马稀，没有了追随者。一个人应该清醒对待拥有的职位，千万不要把拥有的权力和地位当做个人魅力和领导力。领导力是除了信念什么都没有的时候，你依然拥有追随者的一种能力和影响力。

孙子说："投之亡地然后存，陷之死地然后生。"其实这样做是有先决条件的，一是力量不会太悬殊，二是士兵在死地依然满怀信心，三是没有更好的办法。今天我们对事业的追求，要有置之死地的决心，但也必须考虑到成功的条件，否则一味蛮干，最后只能苦了自己。

一个人做事最后能不能成功，要看能不能把握小方向和大方向，小方向是自己的努力目标，大方向是世界的发展潮流。大方向对了没小方向不行，低头做事不管大方向更不行。有一群人向北极出发，发现越走离北极越远，所有的仪器都表明他们的方向是对的，那怎么越走越远呢，原来他们是在一块儿向南漂的巨冰上行走。

即使我们是一支蜡烛，也应该"蜡炬成灰泪始干"；即使我们只是一根火柴，也要在关键时刻有一次闪耀；即使我们死后尸骨都腐烂了，也要变成磷火在荒野中燃烧。

——艾青

从十万到八千里

一路开花

孩提时的求学之路，今日想起颇为伤感。

趴在父亲嵌满补丁的后背上，我几次昏睡，几次惊醒。如此往复，再睁眼时，已到学堂门前。父亲左手托着我的屁股，轻柔地将我拍醒，而后把我舒缓地从粗糙的布衣上卸下来，站在晨雾朦胧的校园门口目送他的女儿悠然离去。

崎岖的山路是美丽而短暂的。父亲知道，我爱吃榛子，于是那些夏末秋初的清晨、午后，他都会在翁郁的树荫前驻足，高仰着后背将我举起。我欢跃着，一手紧抱住他的脖子，一手朝碧绿的

智慧箴言

文中的父亲用最朴实无华的父爱给了作者一个永远无法忘记的美好快乐的童年回忆，然而作者却心存一份直到父亲离开都没有说出"我爱你"的遗憾之痛。人生如同树木一般，总有枯败时。"树欲静而风不止，子欲养而亲不待。"告诫我们一定要珍惜身边的亲人，感激他们教会我们不惧怕困难，感激他们教我们如何做个好人，更要将这份感激之爱及时表达出来，对爱我们的他们勇敢地说出"我爱你。"

细叶中摸去。

在我的记忆中，山路是有着诱人声响的，像父亲爽朗的笑，像山林中清风舞树时的哗哗松涛。我拨弄着父亲蓬乱枯黄的头发，故意在他耳旁将榛子咬得咔咔响。他皱着眉头，把头摇得如拨浪鼓，轻声道："丫头别乱动！爹的耳朵要聋了！"

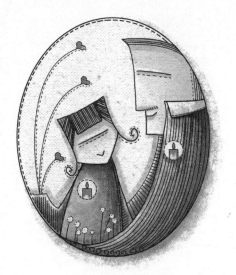

空荡的山间，我咯咯的笑声刺破了蔽日的云霞。父亲立身低头，一面呼呼地奔跑，一面惊吓我："抱好了啊，摔下来爹可不管！"紧搂着父亲黝(yǒu)黑的脖颈，时光就像耳旁呼啸的冷风，一丝一缕都不曾落下，全部钻进我的发肤内里。

当父亲不用背我，不用将我高举我也能摘取那些潜藏在路旁密叶中的榛子时，我知道，成长这两个疼痛的字眼儿，无可避免地触伤了我。

父亲再不用背着我走那长长的山路，而我也进城念了高中。每月月底回来，父亲都站在村口的山路上等候着我，风雨无阻。

晚风徐徐，暮色山谷。这么多年，山内一切都不曾改变，只是，跋(bá)山之人变了。他不能再像从前一样，背我越过几个山头，让我耳旁生风。我走得很慢很慢，可山路照样是那么短暂，每次都来不及说出那句话，便到了家门口。

三年后，我成了村里第一只飞出的"金凤凰"。父亲大摆宴席，在旁人的一片惊叹中喝得烂醉。临行前夜，父亲万般嘱咐。我耷拉着头，几次欲说出那句压抑了多年的话。昏黄的灯下，乌黑倾泻的长发掩住了我泪湿的面颊。

浓雾沉沉的清早，父亲提着两大包行李，将我送上了山路。数不清他抹了多少次热汗，在路旁停顿了多少次。我哽咽着说："爹，您歇歇吧！"他一言不发地摆摆手，干咳了几声，又上路了。我第一次觉得这路如此漫长。他顶着已现花白的发竭力仰头，喘出的沉重气息像极微弱之物，迅速混合在清冷的山谷中。

站在洁净的车窗内，我不忍回看。车子晃动的那一瞬，奔腾的热泪还是像山路一般蜿蜒了我的身躯。

放假归家，抵达村口时已是凌晨。借着月下雪光刚行几步，一点通红的亮光便出现在山路中央。他默然地打着手电筒，一路照耀我的前方。漆黑的山谷深处，偶有莫名的声响。他顶直后背，轻拍我的额头说："有爹在呢，怕什么？"

我知道，父亲总要离我而去。从他背着我上山路的那一刻我就知道，生命与那些树木一般，总有枯败的时候。可万万不曾想到，这个悲凄的日子，来得如此迅速。

我结了婚，母亲同我们一同居住，山谷中的小屋便成了久远的记忆。偶尔母亲会喃喃提起，可这样无味的琐碎，终是如午后清风，

无形而来,又无形而去。

没过几年,我有了孩子,他每日放学后都必吵嚷着要看《西游记》,孙悟空的一个筋斗能翻十万八千里他是怎么也看不够。

年前,领他回村祭拜父亲。他折花踢草,甚是愉悦。可不到半晌,便泄气了。茫茫的山路,像是没有尽头。他一路埋怨:"到了没有?到了没有?早知道我不来了,那么远!要是我是孙悟空就好了……"

寒风凛冽的山谷中,我的泪水像滂沱大雨一般吓坏了孩子。我爱你,这三个极为简单的字,直到父亲生命的最后一刻我都不曾说出。

身旁无边的山野,像人生未知的苦难。不过,直到此刻我都没有惧怕过。我坚信,那十万八千里的苦难,在我还未入世成人时,父亲就已用他的大脚帮我踏平了十万。

只是,那仅剩的八千里路途,又如何让我赶上父亲遥逝的脚步?

知识频道

与其他动物不同,黑猩猩母子之间保持着长久的联系。小黑猩猩只有依靠母亲的保护,才有食物和安全的保障,因此它们总是待在母亲的身边。小黑猩猩一般四岁时才敢离开自己的妈妈。

点蜡烛的男孩

[美] 马瑟·格德弗莱切 关月 译

　　我的儿子凯文和伊瑞克小的时候非常调皮。在那几年里,骨折、缝针、校长给我们的告状信、撕破的牛仔裤,以及藏在他们床底下的许多来历不明、稀奇古怪的东西成为我们日常生活的一部分。但是,他们偶尔也会做出一些令我颇感欣慰和自豪的事情。

　　其中最典型的就是他们与一个刚搬到我们街区不久的小男孩丹尼交朋友的事。那一年,凯文和伊瑞克一个 10 岁,一个 12 岁,丹尼则介于他们两人之间。丹尼是一个为人热情的孩子,偏瘦,但他不能像其他正常的孩子一样又跑又跳,爬高爬低的,他只能整天坐在一张轮椅里。我们附近的几个街区里虽然住着几十个孩子，但只有凯文和伊瑞克去找丹尼玩耍。他们通常会去丹尼家附近的那个街角玩。有时候，他们也会帮着丹尼把轮椅推过马路，走上人行道，到我们家来玩。

我欣喜地发现凯文和伊瑞克与丹尼之间的友谊越来越深厚了。丹尼的生理缺陷丝毫没有影响到他们对他的爱。不仅如此，他们甚至还考虑到丹尼也需要并且应该得到与正常孩子相同的所有人生体验。

在丹尼一家搬到我们街区几个月之后的一个星期六，凯文和伊瑞克问我们是否允许丹尼和我们一起度周末。我和丈夫立刻就同意了，并且提醒他们，我们星期天还要像往常一样去教堂。丹尼被邀请到我们家来过夜，并在第二天早上和我们一起去教堂做礼拜。

那天晚上，三个男孩在一起玩游戏，看电视，过得非常愉快。到了睡觉时间，我的丈夫把丹尼抱到楼上孩子们的房间。我们把他在床上安顿好，确信他睡得

人最宝贵的是生命，生命对于人只有一次。人的一生应当这样度过：当回忆往事的时候，他不会因为虚度年华而悔恨，也不会因为碌碌无为而羞愧，在临死的时候，他能够说："我的整个生命和全部精力，都已经给了世界上最壮丽的事业——为人类的解放而斗争。"
——奥斯特洛夫斯基

作者的两个儿子与一个残疾孩子之间的天真纯洁的友谊不仅震撼了故事中的人，也震撼了作为读者的我们，让我们相信真正的友情能够克服世间任何障碍，甚至个人的生理缺陷。真正的友情是当你身处绝境，依然有人在你身边不离不弃，与你并肩作战；真正的友情是当你走不到山的那边时，它会让山到你身边来。

舒服之后才离开。对我们来说，照顾一个坐在轮椅里的孩子还是一个全新的体验。我们突然感觉到了孩子们受伤的膝盖、折断的臂膀，似乎都变成了一种恩赐，因为那是健康、活泼的孩子的专利。那是值得我们感谢的，即使那些也使我们非常难受。

第二天，在我们的帮助下，丹尼很快就穿戴妥当，为去教堂作好了准备。凯文和伊瑞克帮助丹尼坐到我们那辆轻型小货车的后排座位上，并把他的轮椅放进我们的货车车厢内。一到教堂，我们就下了汽车，男孩子们高高兴兴地推着丹尼找他们的朋友们玩耍去了。

在那个时期，我们所在的教堂有一个令人愉快的传统——让参加做礼拜的孩子们轮流担任牧师的助手。被选为助手的孩子要在牧师开始布道之前，手拿一根一端插着细蜡烛的长铜条，沿着教堂中间的走廊走上圣坛，把圣坛上的蜡烛点亮。毫无疑问，每个轮到自己点蜡烛的孩子都会喜不自禁，格外兴奋。而我们这些成年人，总是饶有兴趣地注视着这些少年严肃地履行自己的职责，看着他们慢慢地、谨慎地走上圣坛的台阶并庄严地点亮每一支蜡烛。

那天，在宗教教育课结束之后，我们正准备进入教堂，牧师走到我们面前。凯文和伊瑞克已经问过他这个星期能否让丹尼做他的助

手,由丹尼去点亮圣坛上的蜡烛。

由于考虑到丹尼无法走上台阶，牧师曾试图劝服凯文和伊瑞克打消这个念头，并向他们指出了障碍所在。但是，我的儿子们坚持说丹尼能胜任这项工作，并保证说他们已经想到了解决障碍的办法。于是，贤明的牧师就答应了他们的请求，让他们自己去处理这件事。

当序曲响起来的时候，我在座位上转过身去看我的两个"诡计多端"的儿子是如何创造奇迹的。只见丹尼坐在轮椅里，凯文和伊瑞克则站在他的身后。丹尼的手里握着那根神圣的细铜条，既骄傲又紧张。凯文和伊瑞克正推着轮椅慢慢地向音乐响起的地方走去。

不久，所有的脑袋都转向了他们。人们的目光跟随着他们的脚步慢慢向前移动。他们意识到了孩子们所面临的挑战——丹尼如何走上圣坛去把蜡烛点燃。当轮椅快行至圣坛的时候，教堂内的每一颗心都悬了起来。我们一点儿也不知道他们将如何解决这个难题。他们准备把那把沉重的轮椅抬到台阶上去吗？还是打算把丹尼从轮椅里抱起来背到圣坛上？这里会不会即将发生一场灾难？

凯文和伊瑞克把丹尼推到台阶下，停住了。所有的人都目不转睛地注视着三个男孩和那把轮椅。在众目睽睽之下，凯文和伊瑞克带着一种超出他们年龄的尊严感慢慢登上台阶，丹尼则依然坐在他的轮椅里。圣坛上摆着两个大烛台，凯文和伊瑞克走上前去一人拿起一个，走下台阶。他们来到丹尼的轮椅前，倾过身子，把烛台上的蜡烛伸到正在等候的朋友面前。丹尼骄傲地举起手中的金色魔杖，轻轻地燃亮烛台上的每一支蜡烛。当凯文和伊瑞克小心地护送着燃亮的蜡烛回到圣坛上去的时候，他们用一只手握成环状，保护着蜡烛的火焰不被风吹灭。然后，他们走回到丹尼身边，把他的轮椅转过来面对着教堂里的人们，开始推着丹尼慢慢地沿着走廊往回走。

丹尼的脸上泛着喜悦的红光。他的笑容燃亮了整个教堂，照耀着教堂内的每一根柱子，把兴奋送进每个人的心中。他举着铜烛杖，就像它是一根至高无上的宝杖。三个孩子的周围似乎笼罩着一圈柔和的光晕。

我注意到牧师是在几分钟之后才控制住声音里的颤抖开始布道的。

我经常会为我的儿子们骄傲，但很少会那么感动。当他们经过我所坐的那一排座位的时候，我不得不使劲地眨眼睛，以便眨掉眼中的泪水，看清他们脸上的微笑。但是，我一点儿也不觉得自己失态，因为我并不是教堂里唯一一个被感动得泪眼模糊的人。

知识频道

狼的"语言"很丰富，互相轻轻撕咬颈项表示尊敬，特级警报用皱鼻表示，还有很多不同的联络信号用长短、高低不同的嚎叫声来传递。狼还用嚎叫声告诉同伴自己的位置。

我能做的是有限的，我想做的是无穷的。从有生之年到一息尚存，我当尽力使有限向无穷延伸。

——高士其

 的福田

梅 寒

在狱警这个岗位上一干就这么多年，什么样的人我都见过，好管理的，不好管理的，只不过是时间和耐心的问题。可遇上他，还是让我头疼了。并不是因为他的罪行有多重，而是因为他的年纪。他进去时，已经66岁，还一身的病。他是因为盗窃罪进去的，被判了两年徒刑。他的年纪，与我的父亲相当。人到晚年，却落得那样的下场。看着他弯着腰，头发如乱蓬蓬的枯草，我的心里就特别难受。而更让人难受的是，他进去后就拒绝吃喝，一心求死。他说，这世上的路，他是走烦了。

那个白发苍苍的老人大约是他入狱一周以后来的。那是那个夏天少有的一个高温天气，正午的太阳火球一样悬在天上，让人

 智慧箴言

在漫长的的人生路上，只有父母可以不计较我们做错事，依旧敞开宽广的胸怀包容接纳我们。即使我们一无所有，还能靠在父亲宽厚的肩膀上休息，偎在母亲温暖的怀中取暖。天下的父母都一样，永远用爱包容自己的孩子，不离不弃，为他们燃起希望，父母的爱是子女们一生中最大的福田。

看着都怕。她小心翼翼地敲门时，我正在呼呼转的风扇底下挥汗如雨。小脚，全白的发，皱得像核桃一样的脸皮，让人几乎猜不出她的年纪了。只晓得，她很老。汗湿透的、看不出本色的衣服紧紧地贴在她瘦弱的身体上，她额上的汗，正在一滴一滴地往下落。她顾不得擦，因为腾不出手。她的两只手正紧紧地拉着那只鼓鼓囊囊(nāng)的尼龙袋子。"我来看儿子，他是前几天进来的……"说话间，我已上前接下老人背后的袋子。才知道，那里面装的原来是老人前一天连夜做的馍，还有一个邻居送她的大西瓜，足有十来斤重。"都是我做饭给他吃，我怕他来这里吃不饱……"老人这才喘口气，撩起衣服去擦眼睛。

　　年近九十岁的小脚老人，面对给她带来巨大伤害的罪犯儿子，没有埋怨没有恨，自己在家做好馍，邻居送的西瓜也不舍得吃，不分昼夜步行了十几个小时一百多里路……听她细细讲完来龙去脉，我轻轻拉了她的手让她赶紧坐下，喉咙却紧得说不出一个字。

按照监狱的探监规定,老人还无权探视儿子。我们只能安排他们母子远远地隔着厚厚的玻璃墙见一面。看着他们比比划划又哭又说,见惯了那种场面的我还是湿了眼睛。儿子用手语告诉母亲,他在里面吃得很好,睡得很好。母亲却只痴痴地盯着儿子的脸看,嘴里一直喃喃自语着:"瘦了,瘦了……你可要听政府的话,娘在家等着你……"那个场景,我想我终生都不能再忘记。

他的情绪就是从老母亲的探视之后开始好转的。每天定时就餐,也不再拒绝接受工作人员的政治教育,闲来无事时,他还会做自创的健身操。他说,他不知道自己在有生之年是否还能同母亲团聚,但他一定要让母亲在此后的日子里放心……

天下的父母都是一样的,是我们为人子女一生中最大的福田。人生路漫漫,无论我们做错了什么,唯有他们,可以敞开如此宽广的胸怀,来宽容接纳我们,再用爱来包围温暖我们,让希望的种子重新从那里生长出来。

知 识 频 道

黑猩猩在进食、捋毛及成群黑猩猩和睦友好地彼此挨近时,它们都会用一连串的"呼呼"声来交流信息,这些声音里常伴有明显的呼吸急促,并且时高时低。此外,它们的脸部还有一些奇特的表情来配合这些声音。

人的生命是有限的,可是,为人民服务是无限的。我要把有限的生命,投入到无限的为人民服务之中去。

——雷锋

世博,一种生命的邂逅

于 丹

我对上海感情很深,因为我奶奶家在上海。从小我就习惯吃上海的零食、上海的菜,所以一到上海来,我常要点菜泡饭,因为那是奶奶家饭菜的味道。

一座城市对人有没有吸引力,关键在于它能不能让人的心灵有归属感。我之所以喜欢上海,是喜欢上海这座城市气质上的包容以及它的典雅,在这个匆忙的时代中能给我们一种内心的抚慰。

2010年是世博年, 这是中国人在上海为世界承办的一次博览会,它将会迎来整个世界的检阅。全世界将在上海展示出之所以伟大的理由,而这些伟大将再次成就上海这座包容而伟大的城市。

智慧箴言

相逢不如偶遇,有缘才能相见;漫步街头,蓦然回首,一份惊喜与感动可能就在生命的转角,它悄然而至,让你全身都沐浴在幸福的阳光里;学会包容,学会接纳,兼容并蓄,才能创新未来,让我们遭遇一次美丽的邂逅,从此将你的人生点亮,唤醒光明的未来。

每个人解读一座城市，都会有不同的感受。我喜欢苏东坡说的一句话，叫做"此心安处是吾乡"。一个人在世界游历了很多地方之后，寻寻觅觅，他真正要找的是哪里呢？是一处故乡。也许不是他的祖籍所在地，也不是他的出生地，而是"此心安处"。

今天的上海是一座移民城市，越来越多的人愿意到这里来，因为它的接纳和包容，因为它给了人们认识自己的机会。我心中的上海是一个把历史熔铸在现代生活方式中的地方。中国很难有一座城市能像上海这样淋漓尽致地呈现它的异彩纷呈。比如上海的建筑，我们通常说看一次上海的建筑，就像是参观了万国建筑博览会。参加世博会仅仅是看那些展厅、展馆吗？如果大家漫步在上海的街头，你会发现从传统弄堂里的那种吊脚楼到外面的花园洋房，再到老上海的别墅，一直到西式的教堂，各式各样的建筑在上海都被保留着，上海并没有因为它的急速发展而失落传统。

我在上海住过很多老公馆，在这些地方我想我能触摸到那些历史遗留下来的纹路，我能够嗅到那些潮湿的、带着呼吸的历史，我甚至还能够感受到那些人物生命的体温。这些地方遗留下来的是什么呢？那就是使人能够回忆起一个城市的气质的那些理由。

建筑是什么？它其实是生活的载体，如果建筑仅仅是一处房子，失去了其中那种鲜活的生活，那么它就仅仅是房子而已。

但是，上海的建筑是载体。

上海是一个什么样的地方呢？它的口味就像它的文化思想一

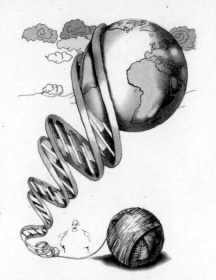

样，那些爱吃百叶结烧肉和菜泡饭的人，会在这里找到正宗的厅堂，而那些爱吃牛排或者是喜欢喝研磨咖啡的人，在这里也能够找到自己的去处。上海的这种开放、包容，所有这些元素，不是物理式的整合叠加，而是形成一种化合反应，使之融合为自己的一种全新的、不可替代的风标。

从某种意义上来讲，上海的气质其实比北京还要强烈。北京因为是皇城文化延续下来的传统，它大气、包容，而且它又是首都，你会觉得它更多地呈现为一种接纳和开放。但是，本土的那种老北京的东西，我们现在去感受的时候，可能不像老上海的东西这么强烈了。

我眼中的上海，它所有的历史性的包容，只为了一个理由，就是使它能够有一个更有创建性的未来。包容本身不是目的，包容是把自己作为一个烧杯，让各种元素形成化合反应之后，创新成一种全然不同于其他城市的气质，使自己终于成为特立独行的自己，而得以在全球被识别，这就是上海的未来。

我想到一家世界著名媒体搞过的一个调查，他们请一些女性选择心目中最浪漫的一个词。大家可能没有想到，这些女性选得最多的是一个表达起来非常中国的词，叫做"邂逅"。什么是邂逅呢？它是一种不经意间的遇见，这种遇见对你是有触发的，唤醒了你内心的惊奇，让你蓦然之间笼罩在一种浪漫神奇的光芒之中，那样的一种幸福的感受，就是邂逅。也许，我们平庸、枯燥、乏味的日子已经太久了，所以人们更渴望生命中的邂逅。邂逅一个地方，也许它就能够完成对你整个生命系统的唤醒。

生命的多少用时间计算,生命的价值用贡献计算,从物质的消耗中谋求欢乐,才是人生真正的悲哀。

——裴多菲

生命的重量

万里秋风

1.天才少年

史密斯的父亲曾是举重冠军,获得过无数荣誉。在父亲的影响下,史密斯从 10 岁那年就开始了专业训练,老史密斯告诉他,一个举重运动员的终极目标并不是夺得冠军,因为在赛场上举重被分为很多重量级,所以并没有所谓最伟大的举重运动员。但作为一名真正的运动员,奋斗的目标只有一个,那就是突破自己的极限,或者说,争取突破人类的极限。

年少的史密斯对这些话似懂非懂,但对父亲给他制定的训练计划一点儿也不敢打折扣,很快史密斯的成绩就

智慧箴言

霍华德不计前嫌,以德报怨的行为真令人可敬可叹,他不仅没有因为罗瑞的破坏而怨恨他,反而牺牲自己拯救了他。这就是人性伟大的力量。在举起巨石的那一霎那,霍华德超越了自己,突破了生命的极限,站上了人生最高的领奖台,举起了生命的重量。

超过了那些比他大的孩子。他的名字不断地在报纸上出现，俨然已经成了一个天才举重少年。

15岁那年，史密斯遇到了一个对手。政府开展了一项名为"穷人体育"的活动，目的是资助一些天资过人但家境贫寒的孩子，让他们有机会进入专业队伍接受训练。

就这样，霍华德进入了史密斯所在的举重队。此时的史密斯已经是少年组里名震全国的人物了，他不断创造着新纪录。

当教练把霍华德介绍给大家时，引起了哄堂大笑。霍华德是个黑人，也是15岁，穿着明显大一号的旧运动服，瘦而且高。举重项目要求运动员身材越矮越好，太高了不但很难举起杠铃，也很容易受伤。大家都不明白教练怎么会选了这么一个孩子。

然而当霍华德脱下那件肥大的上衣时，所有的孩子都吸了一口凉气。他身上的肌肉就像一块块小馒头，他给人瘦的感觉完全是因

为衣服太大。一个孩子偷偷对史密斯说："这穷小子还有点儿肌肉，不过他的个子还是高了点，很难出成绩。"史密斯没说话，他在看霍华德试举。

霍华德根本不明白如何调整呼吸，甚至连抓举和挺举的区别都不懂。队员们放肆地嘲笑他，只有史密斯没笑。他惊讶地注意到，即使用最业余的动作，霍华德举起的重量也不比专业队员差。如果他能得到专业训练，一定会是个不错的举重运动员。

果然不出史密斯所料,霍华德的进步飞快,仅仅用了一个月的时间,他的成绩就上升到队内的第三名。

一天,训练结束后,史密斯在自己的专用器械上加练。队里成绩排在第二的罗瑞走到史密斯身边,嘴角努了努说:"看那黑小子。"史密斯看到霍华德正在独自训练。罗瑞说:"没想到这小子的成绩这么快就追上我了,咱们得想想办法。"史密斯看了他一眼,说:"你最好不要乱来,我会告诉教练的。"罗瑞顿了一下,说:"你这种天才当然不用担心,可今年少年组全国选拔赛咱们区只能派两个人参加,我得为自己考虑考虑了。"

两天后,让人惊叹的时刻出现了。在训练中,罗瑞将自己的最好成绩提高了一公斤,大家都为他欢呼。然而霍华德把自己报的重量加了三公斤。空气顿时紧张起来,因为霍华德的原有成绩和罗瑞就只差一公斤,如果霍华德能举起这个重量,那么他就将超过罗瑞!连教练都有些紧张,不断地叮嘱霍华德记住要领。

霍华德弯腰,抓杠,提拉,一个完美的深蹲,然后吐了一口气,又深吸一口气,史密斯发现霍华德的眼睛里闪烁着自信而坚毅的光芒。随着一声暴喝,他稳稳地将杠铃举过头顶。除了教练之外,所有的人都没出声,史密斯也没有,因为霍华德的成绩离自己只差五公斤了。

2.潜在对手

接下来的日子,罗瑞少言寡语,拼命训练,他希望能反超霍华德。但霍华德似乎并没有把他放在心上。此时所有的人,包括史密斯都相信,霍华德的下一个目标就是他了。

队员们把所有希望都寄托在了史密斯身上,他们不能接受被一个没受过几天训练的黑人小子击败的事实。因此他们自我安慰,史密斯是他们的代表,他们仍旧是胜利者。只有罗瑞不这么想,他知道,如果自己这次不能参加全国大赛,以后就很难出头了。他的训练更疯狂了。

史密斯低估了霍华德的实力,在一个月后的队内测试中,霍华德离他的成绩只差三公斤了。史密斯看到成绩的时候愣了一下,他的心里产生了一种异样的感觉。

罗瑞凑到他身边,狠狠地问了一句:"怎么样?你难道不怕输吗?"史密斯故作镇静地摇了摇头。罗瑞失望地离开了。

距离全国选拔赛还剩下不到两个月的时间了。史密斯的训练强度加大了,霍华德也在一点一点地追赶。有时在训练中,史密斯会忽然有种无力感,他觉得自己已经尽全力了,霍华德却仍有力量一点点地缩短和自己的距离。他生平第一次产生了恐惧。

大赛前的最后一次队内测试,老史密斯特地赶到了现场。为了求稳,史密斯三次试举都只要了平日所能达到的重量,没有突破。但大家还是把最热烈的掌声送给了他。队员们一个个上台,都离史密斯的成绩很远。最接近的是罗瑞,他的疯狂训练还是有效的,竟然把成绩提高了两公斤。现在只剩下霍华德了。在他举之前,史密斯是第一,罗瑞是第二,罗瑞能不能参加全国大赛,就看霍华德这一举了。

霍华德的第一举就超过了罗瑞,罗瑞气得面如死灰。霍华德第二举要了和史密斯相同的成绩。所有人都屏住了呼吸。可在上举时他的脚步偏了,只好扔掉杠铃。人群中有人在偷笑,史密斯也松了一口气。但霍华德接下来要了比史密斯多一公斤的重量!

霍华德弯腰,抓杠,提拉,完美深蹲,然后吐了一口气,又深吸一口气。史密斯不由自主地看向霍华德的眼睛,他的眼睛又一次闪出自信坚毅的光芒,史密斯的心一下子抽紧了。随着一声暴喝,霍华德稳稳地将杠铃举过头顶,停了三秒钟。那三秒钟,史密斯感觉有三个世纪那么长。铁打的第一名就这样被更替了。

晚上，史密斯无论如何也睡不着。窗外黑沉沉的，他穿上衣服，漫无目的地走出宿舍，不知不觉间走到了训练室外。刚要往回走，他忽然听到训练室里有动静，一个黑影从门里闪出来。史密斯一把抓住他的胳膊，那人吓得

一哆嗦，借着微弱的光亮，他看清了自己抓住的人——罗瑞。

罗瑞也看清了史密斯，松了口气："吓死我了，你到这儿来干什么？"史密斯反问道："你这么晚来训练室干什么？"罗瑞左右看看，恳切地说："史密斯，咱俩一起训练好几年了，你就当没看见我，好吗？我感激你一辈子。我发誓，我做的事对你一点坏处都没有。"史密斯想了想，松开了罗瑞："好吧，我们都没有来过。"

第二天，大家照常训练。史密斯憋足了劲，找机会反超霍华德。史密斯开把试举成绩不错，大家的喝彩更增加了他的信心。他看向霍华德，看他的试举怎么样。

只见霍华德抓住杠铃，两臂抖动两下，然后猛地用力举起！就在那一瞬间，杠铃一端的固定螺栓忽然脱落，盘片瞬间滑落，霍华德的身子整个歪向右侧，距离他最近的人听到一声可怕的巨响。杠铃被扔在地上，霍华德捂着腰，脸色苍白，不停地抽搐。

霍华德被送进医院，他的腰椎严重扭伤，医生说他再也当不了运动员了。教练懊丧地砸了一下桌子，离开了。显然，霍华德的杠铃被人动了手脚，但教练没有去查是谁干的，再查下去只会让人难堪。

史密斯在训练后截住了罗瑞:"是你干的吗？"罗瑞冷冷地看着史密斯:"你想揭发我吗？所有人都看到你被霍华德击败了,你一样有动机去干这事。何况,那天晚上我们俩都去了训练室。"史密斯愣住了。罗瑞又放软了口气:"得了,哥们儿,这事没人知道,你还是第一名,而我也可以参加全国大赛,两全其美。"

3.战场重逢

正如罗瑞所言,没有任何麻烦。霍华德伤好后就不知道去了哪里。

史密斯和罗瑞成功进军全国选拔赛。罗瑞第二轮就被淘汰了,史密斯却一路过关斩将,获得了冠军。在领奖台上,史密斯似乎看到台下有个熟悉的面孔闪过,然而镁光灯闪得他很快就什么也看不到了。

随着年龄的增长,史密斯的成绩不断提升,所有人都认为他不久就能获得世界冠军。就在这时,二战爆发了,国家需要的不再是体育明星,而是战士,史密斯被征入伍。

在一次战役中,史密斯所在的小队伤亡惨重,幸亏另一个小队及时赶到,接应了他们。当史密斯见到接应他的队长时大吃一惊,居然是霍华德。他一脸沧桑,完全不像一个刚刚20岁的人。霍华德也认出了史密斯,但他什么也没有说。

听霍华德的战士们说,他平时沉默寡言,打起仗来却勇猛无比。史密斯回忆着霍华德举重时的样子,完全没办法把他和眼下的人联系在一起。

打了几年仗,战争进入了尾声,但敌人却不断在局部发动着疯狂的进攻,进行着垂死挣扎。在一次短兵相接的激战后,霍华德带领的小队接到了一项任务,在南面十公里的地方另一支小队被敌人围困,他们要赶去增援。当他们赶到的时候,被围困的小队正在山洞里抵抗着不断进攻的敌人。霍华德带着小队冲开一个缺口,进了山洞,一个带着队长徽(huī)章的人从里面走出来:"多谢你们的接应,我是队长罗瑞。"

接下来的一分钟里,大家都认出了彼此。史密斯目瞪口呆地看着他们,罗瑞也尴尬地笑笑。最后霍华德打破了沉默:"罗瑞队长,我带我的人打开一个缺口,你们跟着冲出去。"罗瑞摇摇头:"敌人太多,我们冲不出去,应该坚守等待救援。"霍华德皱皱眉头说:"这个山洞是守不住的,大家只能突围。我们既然能冲上来,就一定能冲下去。"罗瑞不屑地说:"你能冲上来是因为敌人想放你进来,把我们一起围困在里面。你总是这么爱出风头,害了自己不要紧,别把我们也害了。"

史密斯正要打圆场,忽然听到一种声音,就像尖锐的哨声一样,他知道那是炮弹在空中飞行的声音。还没等他叫大家卧倒,山洞就被炸塌了。

史密斯醒来时,眼前一片漆黑。他动了动,发现周围还有空间,于是向四周摸索着。忽然间出现一束亮光,刺得史密斯眯起了眼睛。好一会儿他才看清那是霍华德,他正蹲坐在地上,用腰间别着的小手电筒向四下照着。

整个山洞都被炸塌了,好在石块都很大,支棱着留下了一个不小的空间,他们三个人恰好都在这个空间里。史密斯和霍华德都没有受什么伤,罗瑞却很惨,他的一条腿被石头压在下面,肯定是断了,他已经疼晕过去了。

史密斯想站起来,却只能弯着腰。霍华德说:"不知道其他人怎么样了,我们得想办法出去。"史密斯看看罗瑞:"他怎么办?"霍华德说:"先把他弄出来,然后弄醒他,让他一起帮忙。"很快,石头被两人掀开了,罗瑞也疼醒了。霍华德塞给他一把匕首,自己抄起一把刺刀。三个人不停地挖掘，除了铁器和石头碰撞的声音，还夹杂着罗瑞的呻吟声。

不知挖了多久，碎石被清理得差不多了，此时最大的障碍是压在头顶上的一整块巨石。这块巨石整个搭在地上的三块大石头上，正是因为它的保护，三个人才没被乱石砸死。可现在保护神变成了地狱之门，如果无法弄开它，一切努力都是白费，出不去就会饿死在这里。史密斯和霍华德尝试了一下，巨石微微晃动，但无法抬起来。

霍华德喘了口气，说："再来一次！"两个人再一次发力，巨石被稍稍抬起一点，露出一丝光亮。随后霍华德闷哼一声，弯下了腰，巨石顿时落回原位。只见霍华德单腿跪在地上，用手捂着自己的腰。史密斯情不自禁地看了一眼罗瑞，罗瑞迅速把脸扭到一旁。也许是错觉，史密斯认为自己看到罗瑞的脸上满是愧疚的表情。

霍华德调整了一下呼吸，把上衣脱下来，用刺刀将其割成条状，密密匝匝(zā)地缠在自己的腰上。然后，他靠在石壁上喘着气说："来吧。"

罗瑞扶着石壁站了起来，两只手也托在巨石上，脸依然扭向一边。霍华德看了他一眼，对史密斯说："你喊口号，如果能抬起来，你就用那块石头塞住缝隙。"

4.最后一举

随着三个人的一声怒吼，巨石被缓缓抬起，霍华德和罗瑞用尽力气顶住巨石，史密斯用最快的速度松开手，搬起一块坚固的方石，塞进缝隙里。两人慢慢松手，方石在重压之下破碎了，但仍然留下了一条狭窄的缝隙。霍华德和罗瑞同时瘫倒在地上。

霍华德喘着粗气命令史密斯："你先爬出去，然后把罗瑞拖出去，我最后走。"史密斯发现罗瑞的身体抖了一下，说："按规则，你是队长,应该你先出去。"霍华德摇摇头说:"我的腰不行了,没法爬上去,这是命令,来吧。"史密斯扒住缝隙,艰难地挤了出去。外面一片狼藉,但十分安静,显然敌军已经离开了。

史密斯伸出手,霍华德冲罗瑞挥挥手。罗瑞转过头来,想说什么,最后还是放弃了。他挣扎着站起来,扶着石壁走到缝隙处,伸出了手。史密斯抓住他的手向上拉,但罗瑞的一条腿用不上力,身子吊在半空。史密斯也已经精疲力尽,没法把他拉上来。

忽然,罗瑞觉得脚下踩到了什么东西,他低头一看,才发现霍华德蹲在地上,用力用肩膀将他向上顶。罗瑞的泪水终于流了下来,喊道:"我很抱歉,你不用这样对我,你应该把我留在这下面,当年是我拆了你的杠铃……"霍华德愣了一下,并没有停止动作,只是说了一句:"我早猜到了。"他的语气里充满了欣慰,似乎很高兴罗瑞终于自己承认了这件事:"就是我不受伤也没法参加全国比赛,我父亲被码头货箱砸死了,我得挣钱养家……"

就在这时,意想不到的事发生了,那块巨石下面的方石在重压下忽然碎裂,巨石跟着方石向下滑……

史密斯脑子里一片空白,他疯狂地向后拉扯,然而他看到了最不可思议的一幕。

霍华德将头低下,用背部顶着巨石,既而又用双手托起巨石,他爆发出一声大喊,就像当年一次次举起沉重的杠铃一样,他在那一瞬

间将巨石高高地举了起来！紧绷着的布条在那一瞬间全都崩断了，他的腰挺得比任何时候都直。他的眼睛发出自信而坚毅的光，比任何时候都要强烈。他仿佛站在世界锦标赛的举重场上一样，高高地举起足以获得冠军的重量。

罗瑞被整个拉了出来，然后他和史密斯一起哭喊着扑向巨石，想用手里的东西塞住它。然而他们只来得及看见霍华德脸上的最后一丝微笑，他的腰就可怕地扭曲了，两只手臂也无力地垂了下来。巨石失去了与之抗衡的力量，猛然砸了下去，先是砸在他的头上，然后巨大的冲击力将下面已经碎裂的基石砸塌了。下面不会再有任何生存的空间了……

史密斯和罗瑞被赶到的救援部队救走，他们住进了后方医院。战后，史密斯恢复训练，再次成为了举重运动员。而罗瑞的腿伤养好后，开办了一家举重学校。这家学校有一个奇怪的规矩，凡是有天赋的黑人孩子，都可以免费接受训练。史密斯在没有比赛的时候，也会来这里指导。

每一期新学员入学，史密斯和罗瑞给他们上第一堂课的时候，都会讲到这样一句话："只有当你的灵魂是纯洁的，你才有可能举得起生命的重量。"

知识频道

南美洲有一种吼猴，它们下颌很宽阔，围住一个膨大的喉头，喉头里有一个由舌骨形成的"共振箱"。当一只吼猴在吼叫时，其声带振动发出的声音，通过"共振箱"变得十分洪亮，方圆近五千米的范围内都能听到吼猴的叫声。

人生最终的价值在于觉悟和思考的能力，而不只在于生存。

——亚里士多德

夜，我们仰望星空

徐德亮

《小王子》里有一句很让人感动的话：夜晚，当你望着天空的时候，既然我就住在其中一颗星星上，既然我在其中一颗星星上笑着，那么对你来说，就好像所有的星星都在笑，那么，你将看到的星星就是会笑的星星！

北京城能看到繁星的地方几乎没有，我从出生到现在，从来都没见过银河，这是多么悲哀的事。在我们家楼下，到后半夜全关上灯之后，偶尔能看到几颗可怜巴巴的星星，最常见到的是猎户座，此外就是模糊的小点儿。城市化和工业化带来的大气污染，让我们远离了最原始的感动。

我在北大昌平校区上学的时候，晚上爱躺在操场上看星星，当时我觉得繁星点点大概就是如此，北斗星无论在春夏

智慧箴言

　　古人观天象以预测未来，如今看星星感悟人生。每颗星星仿佛都在诉说着自己的故事，阐述着人生的哲理，交流着彼此的经验，分享着各自的快乐。点点繁星，漫漫人生，在夜空之中获得宁静，让无数星星为我们启明。

秋冬,都那么"爱谁谁、混不论"地表现着自己,我惊讶于那头熊居然如此巨大,这才明白古人为什么用它来指明方向。流星也很常见,平静地划出一道很短的白线,消失了,谁也来不及许愿。我回到城里之后,再也没见过流星。

后来,我去了敦煌,在敦煌研究院住着,第一天夜里我就爬起来,穿上衣服,出门看星星。当我抬头第一次看到沙漠中的星星时,那种震撼和感动,那种漫天银光闪闪而又宁静平和、极遥远又极清晰、极平凡又极神秘的感觉,难于表述。

躺在沙漠里,仰望深邃(suì)夜空。群星交织成天幕,有就在你眼前的,有闪烁于其后的,有一些星星似乎伸手可得,忽而又变得遥不可及;另一些星星又调皮地闯到你眼前,忽而又隐去——当你仰望群星的时候,你会忽略掉距离感。

星星离我们太远了,有很多都有好几十万光年,也就是说星星发出的光要走好几十万年才能到地球。而我们看见的,就是好几十万年以前的星星。你抬头看天,万点繁星,每颗星星都不是当下的星星,每颗星都在历史中,而且距今的远近都不同。这颗是李白痛饮狂歌空度时日的星,那颗是山顶洞人取火种过冬时的星,这颗是苏格拉底饮下毒药酒时的星,那颗是恐龙纵横在欧亚大陆时的星——当你仰望群星时,你会混乱掉历史感。

几十万年,对星星来说,可能并不算太长的时间,但每颗星星都要死去的。很有可能在这光芒向地球行进的几十万年之中,那颗发光的星星早已经分解,消失于宇宙。虽然我们看到一天繁星,它们当中的很多其实在几十万年以前就死去了。死去的、未死的和初生的星星,一起照耀着整个宇宙——当你仰望群星的时候,你会明白,生命,将因你活着时发出的光而在死后延续。

星星各个时期的特征和人一样,童年、青年时期不停地成长,但壮年来临之时,却发现之前的时间只过去了 20 年。精力旺盛地过了 30 年,就快要进入到老年,相对来说,老年生活是漫长的,而且似乎没有什么改变:一个 10 岁的孩子和 30 岁的人,差异是巨大的,而一个 70 岁的人和 90 岁的人,差异却远没有那么明显。星星也一样,能发光的时期,和步入老年后的黑矮星时期相比,永远那么短暂。夜空里有无数闪亮的星星,更有无数个不发光的星星,我们看不见它们,它们却看着我们,同时静静地等待着自己的消亡——当你仰望群星的时候,你会明白你到时候应该怎样退场。

星星永远是神秘的。中国的传统图画上,星星之间都连着线,也许最初只是为了明显些,但后来却凭空多了一层神秘感和古朴,无论在古书上、旧画上,还是在京剧舞台上,每次看到星星的那些折线,我都会敬仰万分。

西洋画图的习惯,也是在星星之间连线,不过那些线是为了把同一个星座的星星显现出来,一片星星中间,一只只大熊、小熊、天鹅、巨蛇,一位位仙后、射手、猎人,分别隐现,在神秘和美丽当中,又多了一层浪漫。假如你知道它们的故事来源,更能回忆起在人类的幼年时期那种对神灵世界的渴望和崇拜。

写到此,我心驰神往,冲到窗前一看——窗外依然是那个混混沌沌的月亮,和几个零星得不能再零星的小点儿。

人生不是一种享乐，而是一桩十分沉重的工作。

——列夫·托尔斯泰

给老李的信

柴 静

老李：

　　昨天通完电话，我才发现，你问我的那些问题太严肃了，比大部分成年人都认真，我觉得我得写封信才能说得清楚点儿。

　　我最喜欢的物理学家是个美国人，叫费曼，他对一个对物理感兴趣但又怕数学学不好的孩子说："如果你喜欢一件事，又有这样的才干，那就把整个人都投入进去，不要问为什么，也不要管会碰到什么。"

你沮丧地问我："可是我要做什么是不是已经安排好了？"这并不重要，真正的问题是："给你自由，你又想做什么？"

你说还不知道自己真正的才能是什么？

是，16岁的时候，我听电台和"看闲书"的时候，还没想过这两样事儿都可以称为一个职业呢。

你9岁的时候已经拿到全国车模比赛的奖，这里面有我认为的天分，至于是什么，你要自己找找看。

你说："可是那是玩啊！"是啊，最好的工作就是玩，当你玩得越来越好时，就会有人付钱让你继续玩下去，那就叫工资。

"姐姐，那你这些年是在玩吗？"是啊，我有时候必须装着愁眉苦脸的样子，才能瞒过很多成年人呢。

可你马上要升高中了，有一大堆功课要做，你总是很紧张，甚至连睡觉都觉得抱歉，更别说玩了。嗯，我知道，在未来的三年里，你是不可能放松下来的。我说什么也没用，你会逼自己的，你不逼，环境也会逼的。

你让我给你个建议，老实说，虽然中美国情不同，但费曼的建议跟我想的差不多，"拼命去做自己最喜欢的事，另外想办法保持别的科目能低空掠过就行了，别让社会出面来阻

止你,让你一事无成"。

另外,还上不上人大附中,对你是个问题。我的意见是,上就上吧,只是别把这个名字太当回事儿。

三年前,你才一米六,穿着白色校服走在街上,你喜欢别人看你的眼光,是挺来劲的……但到了一定岁数就别这样了。我知道一哥们儿,四十多了,还把结识"人大附"的人当成特得意的事儿,你觉得怎么样?

1967 年,费曼辞去院士,他讲他在心理上非常排斥给人"打分数"。他说:"每次一想到要挑选出谁有资格成为科学院院士,我就有一种自吹自擂的感觉。我们怎能大声地说,只有最好的人才可以加入我们?那在我们内心深处,岂不是自认为我们也是最好、最棒的人?当然,我知道自己确实很不赖,但这是一种私密的感觉,我无法在大庭广众下表示出来。尤其是要我决定,谁才够格加入我们这个精英俱乐部时,我更是精神紧张。"

我认识的真正棒的人都没有把什么标签真当回事儿的,他们不是对"精英"不满或者抗议,他们只是不从这个角度去看待世界。

这一点你可能不容易理解,因为从你小的时候,世界就被分成了很多阵营,"山西人"、"北京人"、"有钱人""穷人"、"甲级名校"……起初你也带着不

解甚至愤怒，后来你慢慢接受了。你也会问我们，但你并不重视答案，你只是观察我们。但我希望你只观察这几点，谁是快乐的？什么让他快乐？这快乐是否持久？是否不受外界评价和变化的影响？如果是，这快乐是什么？

费曼是怎么想的呢？他说："财富不能使人快乐，游泳池和大别墅也不行。"他还说过一句很重要的话："没有一项工作本身是伟大的或有价值的，名誉也一样。"

生命中真正的乐趣，是当你沉浸于某一事物，完全忘我的刹那。费曼说："它是一种内心的平静，已超越了贫穷，也超越了物质的享受。"

对我来讲，一切都不重要，住在哪里，挣多少钱，甚至当不当一个记者，我们并不是为了成为什么样的人来到这个世上的。还记得你刚来时我带你去游泳吗？夏天回来的路上，我们湿漉漉地在夜风里走，你站住脚，望着星空，问我宇宙有没有形状，我拉着你的手，站在那儿，看了好久。

我会老的，你还年青，也许会有一天，你会向我解释宇宙的形状。那个时候，我会高兴我们活着的每一天都活着，不断认识着这个世界，我们还像那个夏天的夜晚一样，单纯，平静，自由。

祝福你。

姐姐

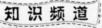

知识频道

狐狸体内分泌的"狐臭"是它们很有用的武器。它们可以用这种气味来标记自己的领地，还可以通过对方留下来的气味来识别其他狐狸的性别、地位等级和确定的位置。而且这种气味在逃命的时候也能成为令其他动物窒息的武器。

至于我，生来就为公众利益而劳动，从来不想去表明自己的功绩，唯一的慰藉，就是希望在我们的蜂巢里，能够看到我自己的一滴蜜。

——克雷洛夫

雪 兔

郑渊洁

路路是一只黑兔。他恨自己的肤色。森林里只有路路一只黑兔，白兔们不跟他玩，就因为他肤色黑，路路从小就喜欢一只叫冉冉的白兔。冉冉性格温柔，走起路来姿态特别好看。路路经常躲在大树后边看她。有一天，路路在草丛里碰见了冉冉。

"你好。"路路的心使劲地跳。

"……"冉冉见是黑兔，没吭声。从小爸爸就告诉她，白兔比黑兔高贵。

路路给冉冉让开路。冉冉头也不回地走了。

路路做梦都想把自己的肤色变成白色，不为别的，就为能同冉冉说几句话。可他清楚这是不可能的事。没有希望的生活是痛

智慧箴言

一个忧伤的童话揭示了一个并不深奥的道理：藏在面具后的自己不是真实的自己，失去了勇气与自信的人生终将一事无成。"恢弘志士之气，不宜妄自菲薄"只有鼓起勇气，挺起胸膛，迎向风浪，才能成就自己的人生，放飞自己的梦想。

苦的。

冬天到了。一天夜里，飘起鹅毛大雪，转眼间就把山林染白了。

睡在草丛里的路路身上挂满了雪花。清晨，路路惊喜地发现，自己变成了白兔。路路兴奋，虽然他知道太阳一出来，身上的雪就会融化，但他只要能同冉冉说上几句话，他就满足了，路路祈祷太阳晚些出来。

路路小心翼翼地朝白兔家走去，他生怕碰落了身上的雪花。

上帝会安排。路路没走多远，就看见冉冉在两棵大树之间玩雪。

"你好。"路路说。

"你好！"冉冉见是一只白兔，友好地说。

"咱们一块儿玩行吗？"路路谨慎地试探。

"当然可以。"冉冉说，"我怎么没见过你？"

"我……我是从别的森林来的。"路路不得不撒谎。他认为自己是在撒真诚的谎。不坏。

冉冉和路路一边玩一边聊天。冉冉真喜欢路路，喜欢他的性格，喜欢他的幽默。

路路更是感到甜美，他认识到自己并不比白兔差，这从冉冉兴奋的程度上就能判断出来。

太阳终于无情地从山后露出了通红的脸庞，树枝上的雪花开始变成水珠坠落进泥土。路路明白自己的真面目马上就要暴露了，他不愿破坏这美好的场面。

"再见了！"路路说。

"再玩一下好吗？"冉冉央求。

"我还有事，以后来玩。"路路又说谎了。这回是神圣的谎。

"我等你。"冉冉依依不舍地说。路路却走了。

几天后，路路又碰见了冉冉。

"你好！"路路情不自禁地问。

"……"冉冉一看是黑兔，不理他。路路心里感到凄凉。

从此，路路天天盼着下雪，可整整一个冬天再没下第二场雪。

后来路路听说，冉冉失踪了。有人说她去别的森林找一只叫路路的白兔，也有人说她在半路上遇到了狼的袭击。

路路恨那场大雪。

知 识 频 道

　　小丹顶鹤刚出生的时候，全身都长着褐黄色的绒毛，样子像只丑小鸭。几天后，它们就能在浅水草丛中自己找些昆虫、小鱼和植物等来吃。三个月大时，小丹顶鹤便可以学会飞翔。等到入秋后，它们便能随群南迁越冬。

> 人生里有价值的事，并不是人生的美丽，而是人生的酸苦。
>
> ——哈代

谁妒忌你，就感谢谁

刘东伟

巴赫被称为音乐界"不可超越的大师"。他出生于德国中部的一个小镇，9岁丧母，10岁丧父，15岁时，巴赫只身离家，走上了独立生活的道路。巴赫靠美妙的歌喉与出色的古钢琴、小提琴、管风琴演奏技艺，进入吕内堡的圣·米歇尔学校。学校的图书馆里藏有丰富的古典音乐作品，巴赫一头钻进去，像块巨大的海绵，全力汲取着欧洲各种流派的艺术。为了练琴，巴赫常常彻夜不眠，通宵达旦。

逐渐突出的才华，让巴赫像一块光彩照人的璞玉，惹来不少人的妒忌。虽然巴赫很优秀，却很少有上台的机会。

起初，巴赫觉得奇怪，以为

智慧箴言

古语云："善莫大于恕，恶莫大于妒"。当潘多拉的魔盒打开时，妒忌就随同罪恶和灾难一起降临到了人世上。它与人类的劣根性牢牢结合在了一起；优秀的人才难免受人嫉妒，如果因受人嫉妒就怒火万丈，失去了心态的平衡，人生的发展必然会受到影响。只有摆正心态，用妒忌激发心中的斗志，化嫉妒为动力，才能登上成功的舞台。

是校长故意让他做一些幕后技术工作，直到有一次校庆演出时，巴赫才意识到，问题不是想象的那么简单。那次，巴赫再次被安排做幕后技术工作，而才华远不如巴赫的笛斯诺参加了表演。

巴赫质问校长。校长告诉巴赫，因为每次表演前，都公开征求学生们的意见，有不少人反对他上台。巴赫知道，是才华招来了妒忌。之后，巴赫尽量收敛(liǎn)锋芒。

果然不久，巴赫得到了一次上台的机会。巴赫走上台，拉了一首小提琴曲，他投入的表演和悠扬的琴声，使他成为本场的佼佼者。但是，掌声并不热烈，许多人用妒忌的目光看着他。从那以后，巴赫又失去了上台的机会。

那年，是学校的音乐年会，每个班级都推荐 10 名学生参加钢琴"同一首曲"盛典活动。巴赫也报名了，但是，最后推荐名单出来后，并没有他。

巴赫知道，又是那些妒忌者在挤压他。巴赫心中如江河咆哮般愤怒，脸上却非常平静。巴赫装做毫不在乎的样子，照常打扫着舞台。第二天，笛斯诺来向巴赫请教，如何以复调音乐演奏《米歇尔之夜》，巴赫说："不可能的。"笛斯诺说："如果不能以复调音乐演奏，那么，谁也没有把握胜出，因为参加演奏的同学实力相当，又是同奏一曲，很难分出高下。"

笛斯诺走后，巴赫出了一身冷汗。因为，正如笛斯诺所说，如果大家都演奏《米歇尔之夜》，的确谁也没有把握胜出，除非谁能以复调音乐演奏。可是，即使是巴赫自己，也无法用复调音乐演奏这首曲子。

　　但是，巴赫没有放弃，他一想起那些妒忌者的目光，就激发了心中的斗志。盛典前的一个月，巴赫每天晚上都在用心揣摩，终于成功地找到了复调音乐的指法。

　　盛典这天，巴赫来到台下的角落里坐着，平静地欣赏着台上的演出。那些荣幸的学生们，一个个上台了，他们的演出不时地得到了掌声。当最后一个人演奏完，评委开始打分。就在主持人要宣布比赛结果时，巴赫突然走上了舞台，在钢琴前坐了下来。接着，一缕琴音响起，礼堂里又响起了《米歇尔之夜》。但是，这次的琴音具有双重的韵味，浑厚中带着轻柔，重音如滚滚江河，轻音如白云缭绕，琴音之美妙，震撼了在场的所有人。

　　一曲奏完，几位被邀请为评委的音乐家走上台来纷纷和巴赫握手，并由衷地赞叹："太完美了。"主持人当即宣布，本场盛典最荣耀的人是巴赫。

　　当主持人请巴赫发言时，巴赫手捂胸口，向台下弯着腰说："感谢我的妒忌者们，是你们将我推上了成功的舞台。"

知识频道

　　猩猩出生不久，四肢就很发达，它们会紧紧攀住妈妈的腹部，几个星期后便能在妈妈身上爬来爬去，再过几个月便开始学习站立和爬树。它们会在树上、丛林间穿梭玩耍，进行特技表演，来锻炼自己的平衡能力。

上天创造我们，是要把我们当做火炬，不是照亮自己，而是普照世界。

——莎士比亚

一道门框

张祖文

　　他是一名足球运动员。他人生最大的追求，就是享受足球能由自己踢进球门的那一刻。

　　现在，他又面对球门门框，迅速地将脚伸向了自己面前那个梦寐以求的圆球。

　　就在他抬脚的一瞬间，他的手却一下子触到了腰间。他的腰上，戴着一个玻璃纤维制成的护套。足球运动员一般要保护的重点部位都是腿，他却是一个例外——这个护套要保护的，是他的腰！他的眼前，出现了一幅他自己永远都难以忘怀的情景。

　　那是一场阑尾炎手术，谁能想到，就是这样一场

智慧箴言

　　在漫长的人生旅途上，有很多条道路能通向成功的终点，有的崎岖坎坷，有的山高水长，有的荆棘遍布，有的甚至通向万丈深渊。但绝对没有一马平川的道路，要想成功，就必须经历这些痛苦和磨难。当你面前的道路无法通行时，应该相信"条条大路通罗马，水流千里归大海"，只要鼓起勇气，勇于抉择，就一定会找到属于自己的成功之门。

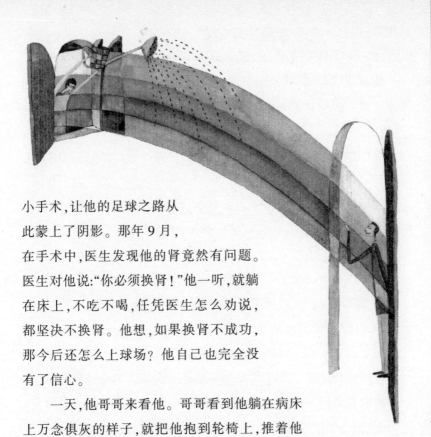

小手术,让他的足球之路从此蒙上了阴影。那年9月,在手术中,医生发现他的肾竟然有问题。医生对他说:"你必须换肾!"他一听,就躺在床上,不吃不喝,任凭医生怎么劝说,都坚决不换肾。他想,如果换肾不成功,那今后还怎么上球场?他自己也完全没有了信心。

一天,他哥哥来看他。哥哥看到他躺在病床上万念俱灰的样子,就把他抱到轮椅上,推着他到了医院的一处绿荫地。

哥哥什么话也没有说,只是将轮椅面朝着医院的一道门。他觉得很奇怪,几次要哥哥把轮椅转一下,但奇怪的是,哥哥没有理他,还是让他那样看着那道大门。

他不禁有些恼了,突然,他看到这样一个场景:一个像他一样,同样也是坐在轮椅上的小伙子,正艰难地一个人转动着轮椅,向那道门而去。凭着经验,他目测出,轮椅的宽度和门的宽度几乎是差不多的。他想,小伙子这么不方便,怎么过去?

他定定地看着小伙子,想看他究竟怎么通过那道门。

但令他没有想到的是,小伙子在门前停留了一会儿,居然就转过轮椅,向另一个方向行去。

他一下子就失望了:看来,人还是要在一些困难面前臣服的啊!

他哥哥推着他,紧紧地跟在小伙子后面。不久,他看到小伙子停留在了另一道门面前。这道门,竟然比刚才的那道门,大了几乎整整一倍!

他的脑海中一下就闪过了一个念头,他知道,这道门和刚才的那道,其实是通向同一个地方!

他怔住了。他目不转睛地看着小伙子转动着轮椅,轻松地进了那道门。小伙子在进门之后,还回过头,望着身后关注着他的人,灿烂地笑了一下。

他的内心被那个灿烂的笑容给震住了!

马上,他扭过头,对哥哥说:"我要立即做手术!换肾!"

换肾之后,他居然又返回了赛场。而在他之前,还从来没有任何一名职业足球运动员在换肾之后还能够重返赛场。

他用行动证明了奇迹其实并不遥远。而更大的奇迹是,他居然再一次成为了国家队的一员,征战 2008 年欧洲杯。

现在,他果断地抬起了脚,在第五十二分钟时,于禁区内小角度低射攻入了全场比赛的唯一进球!

他,就是克罗地亚国家足球队队员克拉什尼奇。

在足球场上,克拉什尼奇面对的是限定了范围的球门门框。那道门框,非常小。但是,在克拉什尼奇生命中的第二十八个年头里,他悟到了一个真理,那就是:人生如果实在不能从某一道门通过,那就换一道门!换了之后,说不定就会异常顺利,而这样的人生,也才是永远都没有被限定门框范围的人生。

工作是人生的价值、人生的快乐，也是幸福之所在。

——罗丹

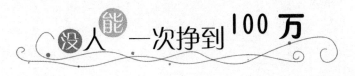

没人能一次挣到100万

孙君飞

瑞典老人英瓦尔·坎普拉德身价过亿，据说跟比尔·盖茨的财富不相上下。他出行时却经常去挤公交车，这令许多人费解，老人对金钱是不是过于悭吝了？

英瓦尔自幼生活在乡下，家境又很不好，怎样能够多挣些钱，是他经常考虑的事情。他打算走街串巷去卖火柴，父母并没有因为其中获利微薄而劝阻他，也没有以男人做事就要做大事的道理教育他，而是放手让他去卖火柴。

他骑着一辆破旧的自行车沿着各个村庄去叫卖，因为是小本经营，必须拉下脸皮，脚踏实地地去跟每一个顾客打交道，只有这样，才能有所收获。英瓦

智慧箴言

水滴石穿，绳锯木断，凭的是坚持不懈的努力；聚沙成塔，集腋成裘，靠的是坚韧不拔的精神。千里之行始于足下，成功的路途需要一步一个脚印的前进，伟大的事业必须从点点滴滴开始做起。"骐骥一跃，不能十步；驽马十驾，功在不舍；锲而舍之，朽木不折，锲而不舍，金石可镂"说得也正是这个道理。

尔一毛一毛地数着赚来的钱时，没有泄气，他像对待 100 万那样珍视到手的每一分钱。看到小小的利润越聚越多，他越来越不愿待在家里，让父母养活自己。

渐渐地，他又发现，从首都斯德哥尔摩批量进货可以便宜很多，然后再以低价出手，这样能够赚取更多的利润。他做得得心应手了，就以卖火柴的成功经验去扩大经营的范围，鱼虾、装饰物、种子、圆珠笔……这些小生意，做大事的商人们都不屑一试，而英瓦尔依然像当初卖火柴那样去脚踏实地地做，一点一滴地让自己的事业壮大起来。

17 岁时，有些孩子还没有能力打理自己的生活，英瓦尔就在父母的帮助下成立了自己的公司。因为是生日礼物，公司的名字就叫"宜家"（IKEA）。有了自己的公司，英瓦尔还是没有计划着怎样去干大事，赚大钱。公司销售的一直是些很不起眼的生活用品。只要属于低价商品，他都一心一意地去经营，在他心中，他还是沿着村庄叫卖火柴的小商贩。但他早已在卖火柴的时候学会了洞察市场的需求，练就了敏锐的商业头脑，即使仍旧卖火柴，他的经营艺术也已经今非昔比了。

一直到现在，英瓦尔·坎普拉德的宜家公司始终经营着低价的商品。他一分钱、一角钱、一元钱地将自己打造成了世界级的富翁，而众多一心想干大事情、想做大买卖、利小而不为的人至今还在画饼充饥，一筹莫展。

人人都渴望一次挣到 100 万，可是 100 万从哪里来？从一分钱来，从一角钱来，从一元钱来。当我们抱着脚踏实地、万分珍视的态度，学会从一分钱挣来一角钱，就迟早能够学会从一万挣到 100 万！

图书在版编目(CIP)数据

让你的人生更精彩 / 崔钟雷主编.—长春：吉林
美术出版社，2011.5
（新概念阅读书坊．小学生智慧训练营）
ISBN 978-7-5386-5453-0

Ⅰ．①让… Ⅱ．①崔… Ⅲ．①人生哲学－少年读物
Ⅳ．①B821-49

中国版本图书馆 CIP 数据核字（2011）第 064779 号

书　　名：让你的人生更精彩

策　　划　钟　雷
主　　编　崔钟雷
副 主 编　刘亚男　刘璐妮
出 版 人　石志刚
责任编辑　栾　云
装帧设计　稻草人工作室
开　　本　880mm×1230mm　1/32
字　　数　120 千字
印　　张　8
印　　数　1-6000 册
版　　次　2011 年 5 月第 1 版
印　　次　2011 年 5 月第 1 次印刷

出　　版　吉林出版集团
　　　　　吉林美术出版社
发　　行　吉林美术出版社图书经理部
地　　址　长春市人民大街 4646 号
　　　　　邮编：130021
电　　话　图书经理部：0431-86037896
网　　址　www.jlmspress.com
印　　刷　北京朝阳新艺印刷有限公司

ISBN 978-7-5386-5453-0　　定价：19.90 元

敬　启

　　本书的编选参阅了一些报刊和著作，由于多种原因我们未能与部分入选文章作者（或译者）取得联系，在此深表歉意。敬请原作者（或译者）见到本书后，及时与我们联系，我们将按国家有关规定支付稿酬并赠送样书。

联系方式

公司名称:黑龙江省同源文化发展有限公司

地　　址:黑龙江省哈尔滨市香坊区汉水路 110 号

电　　话:0451-55174988

邮　　编:150090

联 系 人:吴晶